梦想行者

绝地撒哈拉

金飞豹/著

浙江人民出版社
ZHEJIANG PEOPLE'S PUBLISHING HOUSE

中国人首次穿越
世界第一沙漠探险活动

2009年4月～2009年6月

关注全球沙漠化　穿越非洲撒哈拉

阿尔及尔
阿尔及利亚（Algeria）
利比亚（Libya）
昔兰尼
德尔纳
班加西
图卜鲁格
巴特鲁
亚历山大
开罗
拜尔迪
艾季达比亚
席瓦绿洲
巴哈里亚绿洲
加鲁
法拉夫拉绿洲
赫尔格达
塞法杰港
卢克索
达克拉绿洲
赫迦绿洲
埃及（Egypt）
塞卜哈
特迈塞
加特
迈尔祖格
贾奈特
霍加尔山脉
塔曼拉塞特
毛里塔尼亚
（Mauritania）
马里（Mali）
通布图
加奥
昂松戈
拉贝藏加
蒂拉贝里
莫普提
塞古
杰内
巴马科
瓦加杜古
尼亚美
尼日尔（Niger）
布基纳法索（Burkina Faso）
博博迪乌拉索
特马里
加纳（Ghana）
库马西
海岸角
阿克拉
陆路行程
水路行程
徒步
因政治问题未能进入

名人说飞豹

王　石　万科股份有限公司董事长

人生就是一场探险，18岁之前有父母管，之后就一个人上路了。从珠峰到南北极点，从北极格陵兰到非洲撒哈拉，飞豹的路走得异常艰辛，也异常精彩。尤为可贵的是，他总是能将探险与公益相结合，他不仅是在用双手和双脚探险，更是在用头脑、用心去探险。

李栓科　《中国国家地理》杂志社社长

一个人做梦很容易，放弃梦想更容易，执行起来却很难。飞豹是个梦想家，更是梦想的实践家，80天，6 700多公里，终圆儿时的撒哈拉之梦。飞豹用他的经历告诉我们：在你还有梦想的时候，请上路。

王勇峰　中国登山协会副主席、国家登山队队长

危险与挑战并存，正是探险的独特魅力所在。飞豹的骨子里有浓烈的冒险精神，总觉得活着就应该做点与众不同的事。撒哈拉对于大多数人来说既熟悉又陌生、既向往又恐惧，我想也正是这一点吸引了飞豹。酷热的沙漠中见证奇景，艰难的旅途中磨砺心性，走别人没走过的路，才能体会别人没见过的美。

何亦红　《户外探险》杂志执行主编

很难把眼前这个谦逊随和的人和攀登七大洲最高峰的人联系起来。不过这就是飞豹兄的常态，他总是从容地面对每一个挑战。人生不是以有多少次呼吸，而是以有多少次喘不过气的时刻来计算的。飞豹是探险者中少有的重视文图记录的人，他笔下的撒哈拉是一个生机勃勃的世界，行文诙谐，注重细节。只有荒凉的沙漠，没有荒凉的人生，当他穿越了现实中的撒哈拉，也就征服了内心的孤寂与荒漠。

肖东坡　中央电视台著名主持人

有人喜欢品茶聊天，悠闲度日，有人追求职业发展，匆匆忙忙。对于飞豹来说，探险就是他的生活方式，定下目标，然后全力以赴，在路上感悟人生的苦与乐。过自己喜欢的日子，就是最好的日子；活自己喜欢的活法，就是最好的活法。

曾　花　　思凯乐（SCALER）户外品牌创始人

《绝地撒哈拉》里有三毛笔下的苍凉、雄浑、诗意和浪漫，还有知识、生态、希望和友爱，只有真正体验、感受过的人才能描述得如此真切动人。

蔡　虎　　爱乐活网（www.leho.com）创始CEO

登顶珠峰、徒步到达南北极，以破世界纪录的时间完成“7+2”极限探险……飞豹先生一直在梦想的路上行走不息。他的经历也让我想起“爱乐活727车队”的青年，他们穿越18个国家、历时6个月、骑行17 800公里去伦敦看奥运。“梦想=上路+坚持”，梦就在心中，梦就在脚下。

樊露薇
《魅力先生》杂志主编
《环保至上》杂志助理出品人
“超级跑客”世界超级马拉松赛执行主席

梦想行者金飞豹的无间风光

认识豹哥已有数年，总是一次又一次地被他的壮举震惊，被他的精神感染。这些年他一步一步走出来的传奇，步步惊心，步步精彩，国际著名探险家的称号，可谓当之无愧。但是，仅用“探险家”三个字来解读他，远远无法体现他的纯粹与丰富。

“7+2”：“探险，是一种人文精神”

2006年~2007年，金飞豹用18个月零24天，先后登顶世界最高峰珠穆朗玛峰、“非洲之巅”乞力马扎罗峰、南极洲“死亡地带”文森峰、北美洲“登山家的坟墓”麦金利峰、欧洲最高峰厄尔布鲁士峰、大洋洲最高峰查亚峰、南美洲“美洲巨人”阿空加瓜峰，并成功徒步到达南、北两个极点，成为全世界第11位，也是世界上最快完成“7+2”的探险家。

“探险是一种人文精神。通过探险，我们可以了解这个世界的奇妙，增强我们的信心，使我们能够在面对生活中各种各样的困难时，有信心克服它，战胜它。”这是金飞豹受邀腾讯网采访时所说的一番话。

“梦想三部曲”:“没有比人更高的山，没有比梦更远的路。”

告别“7+2”，金飞豹用探险的方式上演了一场“穿越大戏”，这就是他的“梦想三部曲”：2008年，徒步穿越北极格陵兰大冰盖，2009年，徒步穿越非洲撒哈拉大沙漠；“明年，我和费宣老师要去穿越世界上最大的雨林、最长的一条河流——亚马孙，活动主题就是‘关注地球绿色植物·穿越亚马孙’。”

每一段旅程的结束，又将成为另一段旅程的开始，恰如山路的起承转合，婉转而绵延。

逐梦：“明知道有危险，还是要义无反顾。”

梦想，是金飞豹在演讲和采访中提及最多的词语，他是在探险，更是在逐梦。无论掉入冰缝的北极之旅，还是遭遇雄狮的非洲之行，抑或撒哈拉身陷囚途，都被他行云流水般地付于笑谈中。而那些淡淡道来的惊天梦想，总会在不久之后成为现实，创造全新的历史。对于可能遇到的问题，他总是笑着说：“经费么？到时候自然就有了。”“危险肯定是有的，但探险不是简单的冒险，更不是冒失，做足准备就没有问题。”

静远于辽阔天地，则浮花浪蕊都尽，唯有性命相知，自得智慧的明净。

公益：“环保是我的责任。”

金飞豹的探险并非简单征服，而是与天地山川的一场对话，一次拜访。“因为懂得，所以慈悲。”环境保护一直是他探险活动不变的主题。

1996年，金飞豹策划了“清洁珠峰”行动，组织著名登山家、环境科学家及重要媒体记者共150多人为珠峰清理垃圾。国内乃至世界各大媒体争相报道此事，“清洁珠峰”也已成为世界环保活动的一个重要组成部分，至今仍然在继续。

“这些活动，豹哥是带着一种使命感去做的，不仅仅是好奇和挑战，更主要的是面对地球的恶劣变化，承担起一份责任，并唤起更多的人注意。真正意义上的英雄是这样的英雄，而不是简单的个人主义。”这是我作为金飞豹的好友对他的评述。

“百马王子”：“人生就像马拉松，跑得远才是实力。”

年近五十的金飞豹爱上了马拉松。2012兰州国际马拉松比赛中，他以5小时33分17秒的成绩顺利完成比赛，这已经是他第五次跑全马了。金飞豹立志要在60岁以前跑完100场马拉松，尤其是七大洲的极限马拉松，让自己成为真正的“百马王子”。

谈到探险与马拉松，金飞豹说，翻山越岭中途是可以休息的，而马拉松是需要坚持的。其实人生就像马拉松，出发时跑得快不算成功，能跑得远才是实力的体现。

岁月山河走过，他所呈现而来的面相是多维度的。草木鸟兽、阳光星辰，都相亲与共。体悟生命，大爱地球……在他那无间风光世界里，时间、空间没有一分一秒一处一所不是风光。

前言

远方天空的颜色很特别，仿佛蓝紫色中夹杂着一缕铁锈般的暗红。巨大的粉红沙丘在天边绵延起伏，浑圆的落日映着沙漠的棱线，无数道沙砾涌起的皱褶如凝固的浪涛，大地被衬得暗沉沉的，像是一片睡着了的海。

这里是世界上最为著名的死亡禁地，数百年来它吞噬了不计其数的生命，留下一段又一段传奇亘古流传。撒哈拉，浪漫残酷，空寂博大，满目荒凉却又生机勃勃。

2009年4月7日到6月25日，我和费宣用80天的时间，亲身体会了它的美丽与哀愁，寂寥与富有。这里有淳朴善良的人民、美丽苍凉的沙漠、炽热暴虐的烈日和神秘遥远的传说。在撒哈拉经历的一切一点一滴地丰富着我们，成为镌刻在灵魂深处不可磨灭的印记。

6 700多公里，有感动，有泪水，也有欢笑。撒哈拉是贫穷的，但也是生动而美丽的。当地居民的乐观和坚韧给我们留下了极其深刻的印象，他们对中国人民的友好更是让我们感动得几乎落泪。随着现代文明的深入，贪婪和虚伪渐渐侵蚀着淳朴的人民，如同病毒渐渐吞噬健康的躯体。然而，无论是一贫如洗的桑海船夫还是困守沙漠的图阿雷格部落，我们感受到的都是信任、关怀与尊重。似乎越是贫穷的地区，留给我们的回忆就越美好。而在那些已经高度发达的现代城市，我们被导游勒索、被警察敲诈，一次又一次的失望和愤怒冲击着我们的胸膛。我们不禁要问：到底是什么让文明变了味道？是贪婪的欲望还是傲慢的内心？

在通往撒哈拉的路上，无论多么恶劣的自然环境都不能阻止我们前进的步伐，艰苦我们不怕，危险我们也不怕，怕的只是变幻莫测的人心，以及背后隐藏的丑陋和罪恶。自然的荒漠并不可怕，可怕的是心灵的荒芜。

80天穿越撒哈拉的经历将是我人生中最美好的一段回忆，我期待与大家分享这段故事，以及我所经历的感动和对人生的思考。这是我眼中的撒哈拉，希望你能喜欢。

楔子

春节马上就要到了，此时的中国人心里恐怕只有一个念头，那就是团圆。不过，有两个人除外……

马上我就要和曾经一起穿越北极格陵兰冰盖的兄弟费宣开启一次新的探险旅程——穿越世界第一大沙漠，撒哈拉沙漠。对我而言，穿越撒哈拉的心愿由来已久。少年时三毛的作品《撒哈拉的故事》是我最喜欢的，三毛用她独有的诙谐浪漫的语调把寂寞苍凉、诗意浪漫的撒哈拉大地一点一点地描绘出来，我心中对撒哈拉的向往也像野草一般肆无忌惮地蔓延开来。

许多年过去了，少年时的梦想终于就要达成。我们选择的起点是有“美人窝”之称的塞内加尔，从非洲西海岸自西向东穿越塞内加尔、马里、尼日尔、阿尔及利亚、利比亚和埃及六个国家。

路线制定好了，我们便开始申请途经各国的签证，而此时意外出现了。大使馆的工作人员一时大意，把我和费宣的申请材料弄丢了！眼看就要过春节了，提交补办护照的申请恐怕也要节后才能开始办理。无奈之下，只能推迟出发日期。“不过也不算太糟糕，好歹还能和家人一起过春节嘛！”我们只能这样安慰自己。

春节过后，护照很快就拿到了，接下来就是一站接一站的签证申请。一切似乎都在按部就班地进行着，神秘而美丽的撒哈拉离我们越来越近，我甚至有些按捺不住心中的激动。但是，新的波折又出现了。

3月初的一个清晨，我接到塞内加尔大使馆的通知：“很抱歉，你们的签证申请未能获得批准。”

“Why？”我不敢相信自己的耳朵。早就知道塞内加尔的签证申请难度很大，因此在申请前我还特意拜托北京的朋友详细询问了需要提交的文件，准备工作简直无懈可击，怎么可能遭到拒绝呢？使馆方面的答复是：塞内加尔已经停止向中国人发放旅游签证，要前往塞内加尔只能办理商务反签。如果没有反签文件，大使馆连签证申请都不会接受。

十万个为什么也不能表达我此刻的心情，只能给国内外的朋友一一打电话、写邮件，拜托他们帮忙找一个愿意为我们提供邀请函的塞内加尔机构。

其余五个国家的签证已经一一落实，就剩塞内加尔这一个关卡紧紧地锁住了我们通往撒哈拉的路。3月的昆明春光明媚、樱花灿烂，我们却如同热锅上的蚂蚁一样烦躁不安。

这时，我在九大极点[1]探险过程中结识的好朋友、美国飞虎队员后裔、加拿大著名摄影师罗伯特·伯奇（Robert Burch）帮我联系到一家达喀尔的探险公司，塞内加尔的签证似乎有戏了，而且这家探险公司明显比较负责任，效率也高得多。然而，他们的回答却和之前所有答复一样："不知道是什么原因，但就是被拒绝了！"

事已至此，我无话可说。就在这个时候，塞内加尔国内发生了一

[1] 九大极点：世界七大洲最高峰以及南北两极点。——编者注

起针对华人的恶性袭击事件，一名华人在骚乱中死亡。此时，我们才明白塞内加尔国内的形势是如此不容乐观。

后来，罗伯特发来一封邮件，建议我们放弃塞内加尔，改道加纳。罗伯特还说：“如果你同意了我的建议，选择加纳作为此次探险活动的起点，我愿意陪伴你们走完加纳境内的全部行程，相信我，那里真的值得你去一次！”

塞内加尔的签证申请一波三折，最终我们只能改道加纳，向北经过布基纳法索，然后进入马里。路途似乎有些曲折，但这样一来我们却有机会实地考察加纳境内的原始热带雨林，并亲身体会热带雨林—热带草原—荒漠化—石漠化—沙漠化这样一种自然景观的变化过程，更加深刻地体会撒哈拉的独特魅力，这难道不是意料之外的收获吗？

中国人有句老话：塞翁失马，焉知非福。此时我心中的不愉快早已被更加迫切的渴望和兴奋的心情取代，我和费宣经过一年多的精心准备，终于万事俱备，只待踏上撒哈拉的土地，亲身体会那里的寂寥与美丽了。

穿越非洲撒哈拉
SAHARA EXPLORATION
红塔集团

目录

CONTENTS

初识非洲

PART 2

挺进大漠

PART 3

绝地撒哈拉

PART 4

沙漠传奇

PART 5

走出撒哈拉

PART I 初识非洲

蚊子能要命，女人是老虎

终于启程了，一路上除了飞行、飞行，还是飞行。身体漂浮在万米之上，睡眠总是断断续续的，也许是因为疲劳，每次睁开眼睛，头脑都昏昏然的。二十多个小时后，我和费宣终于抵达了本次探险旅程的第一站——加纳首都阿克拉。

走下飞机，热浪扑面而来，汗刷地就冒了出来，灼热的空气浓得像浆糊，感觉鼻腔都快被灼伤了。机场外，远远就看到一个胖胖的身影，那就是我亲爱的朋友罗伯特·伯奇。他果然兑现了自己的诺言，亲自赶到加纳为我们壮行。坐在车上，我好奇地打量着阿克拉的街景。满眼都是密密匝匝的绿色，穿着鲜艳的当地人穿行在车流之中，浓烈的色彩和强烈的视觉对比冲击着每一个初到这里的人。此时，我深深地吸了一口气，感受着那灼烧般的疼痛，心中兴奋地大喊："撒哈拉，我来了！"

阿克拉的城市建设很不错，主要街道也很干净，但公共设施的建设就差强人意了。大街上一个公共厕所都没有，外地游客如果正好碰上水土不服闹肚子的话，最好不要离开酒店！阿克拉的大街上是找不到能够让你“解决问题”的地方的。

阿克拉的蚊虫特别多，每当走到河道边或是普通居民区时，我和费宣就会紧张起来。蚊子在这里是不折不扣的第一杀手，是传播疟疾

1

1.加纳首都阿克拉。
2.街头小贩。

飞豹视点

“阿克拉”一词是“恩克兰”的误读。恩克兰原指当地一种黑蚂蚁，据说当年这里有很多黑蚂蚁筑的蚁冢。公元15世纪末，欧洲人来到这一地区定居，并将其称为“恩克兰”，后来逐渐演变成现在的叫法“阿克拉”。

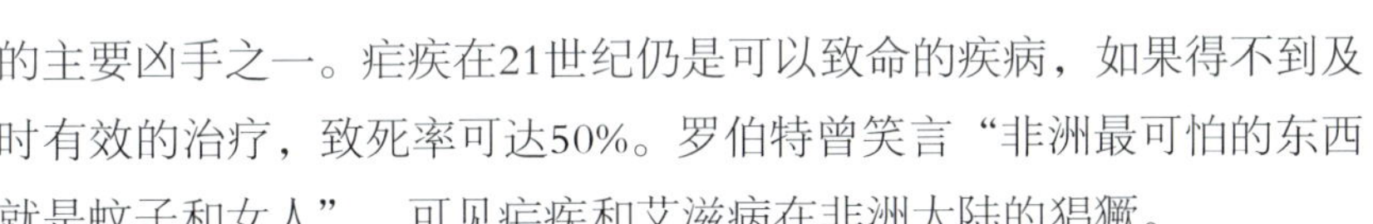

的主要凶手之一。疟疾在21世纪仍是可以致命的疾病，如果得不到及时有效的治疗，致死率可达50%。罗伯特曾笑言“非洲最可怕的东西就是蚊子和女人”，可见疟疾和艾滋病在非洲大陆的猖獗。

不知道是不是因为外来的新鲜血液特别招蚊子，它们都爱来找我们打牙祭。炎热的空气中，一群蚊子在耳边绕来绕去，光听声音就能让人头脑发昏，还不时地被偷袭一口。尤其是傍晚以后，我和费宣被一群蚊子围攻，随时能听到响亮的“啪”“啪”声！

费宣的野外生活经验相当丰富，蚊子只要一靠近他，绝对死无葬身之地。我就不行了，把自己手上脚上拍了个通红，蚊子尸体却半只也不见，最后只能胡乱地挥舞双手驱赶那些得意洋洋的蚊子。

1.当地中学生。
2.棺材店老板。
3.沙滩足球。

看到我狼狈的样子，费宣不由得哈哈大笑："来、来，飞豹，我教你几招必杀技，可别叫非洲的蚊子把咱们欺负了。"

听费宣说起来，打蚊子还是个技术活儿呢。首先要静下心来听，听蚊子翅膀扇动的声音，从而分辨出蚊子的位置，这招叫"听音辨位"；分辨出蚊子的位置以后不要急，蚊子还在空中的时候出手十有八九会落空，要耐心等待它们停留在你身上后再出手，这招叫"守株待兔"。看好蚊子停留的位置以后就要果断出手，稳、准、狠是此时的要诀，绝不能有半点犹豫，否则蚊子就可能逃之夭夭。此外，还有观察蚊子飞行轨迹、伺机扑灭它们的"无影手"，被咬时绷紧肌肉让蚊子无法逃脱，而后迅速剿灭的"舍身功"，一招一式听得我一愣一愣的。据费宣说，以前他在地质队的时候，一共总结了十八招灭蚊绝技，总称"降蚊十八掌"，算是为国家的除四害活动贡献了几分力量。

阿克拉的蚊子如此厉害，我们不得不担心染上疟疾，这才是探险

3

的第一站，要是感染了疟疾，穿越撒哈拉的探险活动必然会受到影响。罗伯特深知疟疾的危害，不过作为非洲通，他自然有他的办法，一边嘲笑我打蚊子的动作笨拙，一边从包里掏出一样东西塞给我。

“是什么？”我好奇地接过来。

“药！治疟疾的。”罗伯特神气地说，“绝对有效！”一边说一边给费宣也塞了一盒。

我一看，居然是中国广西桂林生产的青蒿琥酯钠。罗伯特告诉我们，这是一种治疗疟疾的特效药，对已经感染疟疾的患者非常有效。在非洲的大部分地区，疟疾都是一个可怕的威胁，随身携带药物是很有必要的，但大部分治疗疟疾的药物都有很强的副作用，只有中国广西生产的这种药副作用最小、最好用。拿着罗伯特口中治疗疟疾的灵药，我和费宣相视一笑，心中自豪得不得了。

欢迎来到世界的中心

我们在加纳的行程安排有一周的时间，先在首都阿克拉停留三天，然后乘坐越野车一路向北穿越边境进入布基纳法索。到达阿克拉的第二天，我们拜访了中国大使馆。当地媒体从互联网上得知我们此次穿越撒哈拉沙漠的消息，特别赶到大使馆进行采访，加纳人民对中国及中国人民的了解和热情让我们很是感动。

离开大使馆后，向导很神秘地对我们说："接下来，带你们去一个很有意思的地方。"

"什么地方啊？"

我和费宣都很好奇，可向导却什么也不肯说，只说去了就知道了。罗伯特也是一脸的神秘，看起来是他们约好了要给我们惊喜吧！

地方不是很远，大约半个小时后，向导跳下车，拉开车门调皮地做了一个"请下车"的动作。这是一个看起来很普通的地方，只见一座破旧的房子，门前有一棵当地常见的大树，一切都很平常，这里到底有什么特别之处呢？

罗伯特带我到树旁站定，让我拿出GPS定位手机，"Turn on"（打开），他示意我。我打开卫星定位器一看，屏幕上显示经度为0°，我愣了一下，抬起头，罗伯特和向导都看着我们微笑，费宣也急忙拿出他的

我们所在的港口城市特马正处于格林尼治子午线上，还刚好在国际日界线对面。因此我们正位于最靠近"世界中心"的位置。

1.站在世界的中心。

手机，两个手机都显示我们正位于0°经线之上。

罗伯特笑着对我们做了个鬼脸："欢迎来到世界的中心！"

原来，我们所在的港口城市特马正处于格林尼治子午线上，也是划分东西半球的起点，同时，它还刚好在国际日界线的对面。所以，从地理位置上来说，我们现在正处于真正意义上最靠近"世界中心"的位置。

不知道冥冥之中是否真的有天意，我们此次撒哈拉探险历经一波三折终得成行，起点也从最初拟定的塞内加尔改为加纳。也许正是老天让我们选择这里，选择世界的中心作为出发的起点。

站在世界的中心，心里充盈着一种莫名的感动。童年时仰望星空，奏响了飞天的梦想序曲；少年时品读三毛，埋下了游历撒哈拉的梦想种子；青年时遥看珠峰，开启了“7+2”的梦想之路。梦想，是人生中最美丽的风景，因为心怀梦想，所以上下求索，因为心怀梦想，所以永不止步。

飞豹视点

格林尼治子午线又称本初子午线，即0°经线，是为了确定地球经度和全球时区而采用的标准参考子午线。理论上，任何一条经线都可以被定为本初子午线，因为经度不像纬度有自然的起点（赤道）。1851年，天文学家艾里在英国格林尼治天文台设置中星仪，并以此确定格林尼治子午线。1884年举行的国际本初子午线大会上，格林尼治子午线被正式定为经度的起点。

 碧海蓝天下的罪恶与希望

离开特马，经过三个多小时的车程，我们终于抵达了下一个目的地——海岸角。碧蓝的海水轻轻拍打着岸边的礁石，耀眼的阳光火辣辣地照射在人们的身上，空气非常好，天空也仿佛是透明的。

海岸角是加纳最古老的热带雨林城市之一。作为加纳中部地区首

府，它也是加纳最重要的历史文化城市，加纳最古老、最好的学校都位于这里。海岸角是如此美丽，以至于你完全无法想象，这座城市的历史中曾浸满了非洲黑人的辛酸血泪，是黑奴历史一个很重要的组成部分。

海岸角城堡曾是军事要塞，同时也是黑奴被转手贩往美洲、加勒比海种植园的中转站。几个世纪以前，有超过30万黑人奴隶从这里被运往美洲和欧洲。奴隶贸易是人类文明史上最丑恶、最血腥的一页。穿行在幽暗的古堡，呼吸那带着霉味的空气，耳边仿佛还能隐约听见被关押在这里的奴隶们悲惨的呻吟和压抑的哭泣。在这样的环境中，

1.艾米娜渔港。

1

1

人的心情也不由自主地变得压抑起来，那些曾经的苦难沉沉地压在每一个参观者的胸口，让人有些喘不过气来。

突然，在一根锈迹斑斑的水管下，我惊喜地发现了一个燕子的泥巢。刚进来时，我就发现古堡中有许多燕子的身影，许多门廊下还残留着粪便，没想到它们竟然把家也修筑在了这里。看着它们自由地在海面上和古堡中飞行，我的心情也随之飞扬起来。想必在几个世纪以前，这些自由的精灵也曾为关押在这里的奴隶们带来过心灵的慰藉。

这座曾经的牢狱，现在已经成为可爱精灵们躲避风雨的港湾和供人观赏的历史遗迹，连曾经保卫海港的炮台也成了著名景点。时间如流水一般抹去了曾经的辛酸和血泪，如今的海岸角是一个自由、民主、生机勃勃的城市，只有在这个阴暗的古堡里还残留着一丝丝斑驳的血痕，无声地诉说着曾经发生的一切。

离开让人压抑的古堡，我们来到了海岸角最热闹的渔港。当地居民延续千年的生存方式是典型的靠海吃海：在近海捕鱼，然后用捕回的鱼换取生活必需品。这里的人们淳朴而又贫穷，守着资源丰富的大海却仅仅只能维持温饱。远远地可以看见许多大型的捕鱼船，那是

1.2.艾米娜城堡。
3.古老的炮台。

来自日本、韩国和欧美的渔轮。渔轮的设备十分先进，可以到远海捕鱼，一次出航就能捕获大量海鱼。他们甚至不用把鱼运回本土，而是直接驶往欧洲各国将捕获的海鱼售出，带回国的则是大笔的资金。

和这些大型渔轮相比，当地居民的小渔舟无法承受远海的风浪，只能捕捞廉价的小型鱼类。渔民们的生活非常艰辛，但他们的脸上却总是洋溢着笑容。他们不怕生活艰苦，只要家人身体健康，孩子们懂事听话，他们就觉得非常幸福了。

1.海岸角热带风情。

> 穿行在幽暗的古堡中，呼吸那带着霉味的空气，耳边仿佛还能隐约听见被关押在这里的奴隶们悲惨的呻吟和压抑的哭泣。

我和费宣也许是第一批来到这里的中国人，但我在这里见到了许多欧美游客，大多是父母带着孩子来体验渔村的生活，让他们在这里与当地的孩子在海边摸蟹捞虾，尽情嬉戏，远离都市的喧嚣，与大自然融为一体。

这也体现出欧美人和中国人在旅游观念上的不同。中国人出境旅游选择的大多是繁华的大城市和知名景点，越热闹的地方去的人越多，大部分时间都消磨在排队和拍照中了，而景点中蕴含的历史与文化却没有多少人去留意。

加纳实在是一个美妙神奇的国度，每一个地方都有独特的魅力。尽管生活并不富裕，但每一个人都对生活充满了热爱，每时每刻都绽放出勃勃的生机，让这里散发出与众不同的气息。

远处，渔民们正在撒网捕鱼，努力地改善自己的生活，真心希望他们能够过上更好的日子。

“鳄鱼邓迪”闯非洲

时间过得很快，马上要离开加纳了。想到要和罗伯特分别，不舍的心情油然而生。这位加拿大著名摄影师、飞虎队员后裔，为我们此次撒哈拉之行提供了莫大的帮助。脑海里罗伯特和我们在加纳的经历像放电影般不断闪现，直接影响了我的睡眠，一整晚都处在迷迷糊糊的状态下。不知不觉天边鱼白初现，到了在加纳的最后一天，晚上就能进入布基纳法索了，也就是说，我们离沙漠越来越近了。

吃过午饭，我们马不停蹄地来到达帕格的神圣鳄鱼池塘。虽然名字是池塘，但其实是当地最大的鳄鱼保护区。这里很久以前是一片低洼的湿地，后来由于气候的变化，水量逐渐减少，最后就形成现在的池塘。

在保护区里，我们看到一幅“人鳄共存”的和谐画面，被眼前的景象惊呆了。来得早不如来得巧，我们赶到那里的时候正好是鳄鱼的午餐时间，只见一位村民手提两只鸡从容地走向一只趴在岸上的鳄鱼，把鸡放到鳄鱼身旁然后就退开了，看着鳄鱼不紧不慢地把午餐吃完。等鳄鱼都吃饱了，村民们就邀我们上前与鳄鱼做零距离的亲密接触。面对外表那么凶猛的鳄鱼，我心里确实有点怕，在村民和向导的鼓励下，我和费宣终于放开了胆子上去摸鳄鱼。没想到鳄鱼对我们的抚摸一点反应都没有，甚至任由我们骑在它身上，拽住它的尾巴逗它玩。我以前在肯尼亚见过凶猛无比的鳄鱼，这么温柔的鳄鱼我还是第一次见到。

在达帕格，人们相信每一条鳄鱼身上都依托着一个人的灵魂，虐待和屠杀鳄鱼是被明令禁止的。这里的鳄鱼不会伤害村里的任何人，它们的食物来源就是村民投放的鸡。在这里，鳄鱼和人是互相尊重、和谐共处的。

在达帕格，人们相信每一条鳄鱼身上都依托着一个人的灵魂，虐待和屠杀鳄鱼是被明令禁止的。小孩可以在鳄鱼池塘里游泳嬉戏，妇女们也可以在池塘边洗

1.达帕格神圣鳄鱼池塘。

衣服。鳄鱼不会伤害村里的任何人，它们的食物就是村民投放的鸡。在这里，鳄鱼和人是互相尊重、和谐共处的。

离开鳄鱼池塘，继续向布基纳法索前进，接近傍晚的时候到达边境。这里的过境手续非常简单，只要办理简单的通关手续就可以开

1.鳄鱼池塘的孩子们。
2.金飞豹叫板史前怪物。

1

2

在肯尼亚，每年的6月到11月是角马迁徙的时间。上百万头角马从坦桑尼亚的塞伦盖蒂国家公园北上，向着肯尼亚的马赛马拉国家自然保护区进发，寻找印度洋的季候风和暴雨带来的充足水源和食物。马拉河对于角马来说是最危险的地方，河中的鳄鱼会给它们带来致命的打击，每年都有成群的角马惨死在鳄鱼的利齿之下。马拉河的鳄鱼与达帕格的鳄鱼完全是两个极端，堪称魔鬼与天使的对照。

车过去。海关人员非常热情，一看到我们就说：“欢迎来到布基纳法索。”

进入布基纳法索后，明显感觉到自然环境的变化。布基纳法索是一个内陆国家，海拔只有300米，放眼望去一马平川，可以说是真正的平原。这里的土地相对于加纳来说贫瘠了不少，一阵风过后黄沙肆虐，绿色植物稀稀拉拉地散落在黄色的土地上，我逐渐感受到撒哈拉沙漠的气息了。

车行数十分钟后，到了酒店。在酒店大堂，老向导把我们交给了新向导塞古。塞古是马里人，他将陪伴我们穿越布基纳法索，一直走到马里首都巴马科。

加纳，再见……

1.打渔人家——撒出一个漂亮的圆。
2.3.4.手工艺品市场。

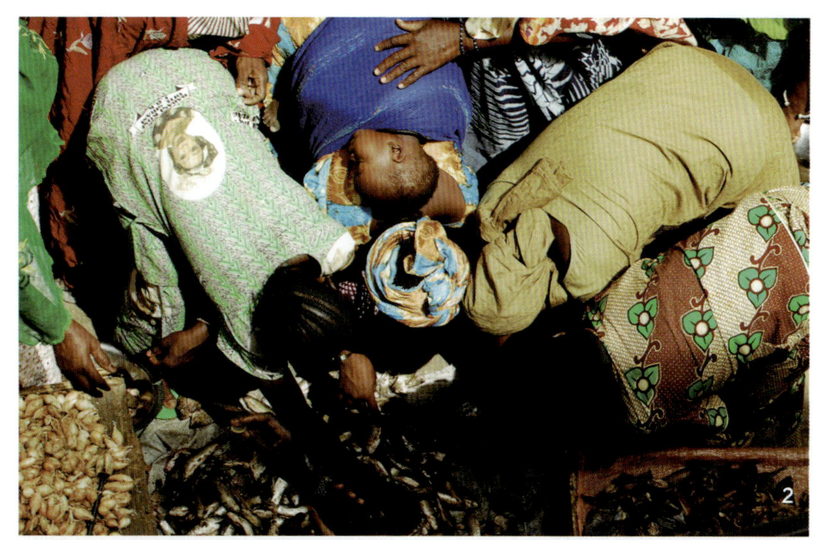

2

3

4

PART 2 挺进大漠

处处是宝藏

在布基纳法索的行程非常紧张，短短两天就要穿越到达下一个国家马里。瓦加杜古是布基纳法索的首都，也是全国第一大城市。这里还是北非著名的影都，当地人都自豪地称这里是“非洲好莱坞”。早在1969年，拥有极大影响力的泛非电影节就定期在瓦加杜古召开，非洲影片制作中心、非洲电影学院、非洲影片发行公司以及泛非电影工作者联盟等机构的总部也都设在这里。一路行来，我发现当地居民都有极佳的表演天赋和音乐细胞，不论男女老少，只要一听到音乐就会翩翩起舞，仿佛血液里流淌的就是音乐，骨子里跳跃的就是艺术。

匆匆离开瓦加杜古，出发前往布基纳法索第二大城市博博迪乌拉索。一路上费宣一直专心致志地盯着窗外看，自从前几天在路边发现了一片高品位的云母矿层，费宣就开始留心起来，一看到“可疑”目标就大喊停车，拿着他的三件宝贝（地质锤、放大镜和指南针）直冲

1

目标而去。没想到今天居然又被他发现了一片高品位的铝土矿。铝土矿是生产金属铝的最佳原料，用途十分广泛，可用于制造耐火材料、研磨材料、化学制品及高铝水泥。费宣说，云南如果有这样高品位、易开采的铝土矿，早就被开采了。而在这里，这些价值不菲的资源却只能默默地沉睡。看着费宣惋惜的表情，我不仅有些感叹：在地质专家的眼中，非洲这片看似贫瘠的土地上其实到处都是宝藏啊！

进入布基纳法索以后，我们在加纳所学的当地语言就派不上用场了。布基纳法索通用法语，只有受过良好教育的人才会说英语。为了能与当地人沟通，我们只能重新学习，先学了两个最简单的词："格鲁姆"（你好）和"玛萨"（谢谢），虽然发音不是太准，但也只能先对付着用啦！

第二天一大早我们出发前往马里首都巴马科。天气非常热，几乎

1.乡村的快乐马车。
2.尼日尔河畔的儿童。

让人无法忍受，车里虽然比外面凉爽一点，但窗外明晃晃、火辣辣的太阳直照得人脑袋发昏。一路上经过了很多小村镇，这些村镇给人的感觉就像是中国最偏远的山村集市，在路边一溜排开一片茅草棚子。当地人很热情，看到我们的车子驶过来，小孩子和小贩都会笑着向我们招手，有的小孩还会追着我们的车跑。只要一停车，就会有很多人围着我们，用中文喊："你好！"

大约三个多小时的车程后，我们到达了布基纳法索与马里的国境边界。只看见公路中央摆放着几个涂着红白相间条纹的油漆桶，刚好挡住去路，旁边有几个之前在村镇中见过的简陋的木棚子。来这里之前就听说这边经常有抢劫、绑架之类的情况，难道碰上抢匪啦？刚想询问这是怎么回事，司机已经放慢速度靠边停车了，向导看我们一脸的紧张连忙解释，这里就是海关了。眼前的一幕简直难以置信，这恐怕是我见过的最简朴、最环保的海关了，一座简单的木屋，工作人员就坐在里面办公，既通风又凉快。

没想到刚进入马里就遇到这么特别的"惊喜"，不知道接下来还会有什么奇闻异事等着我们，满心期待中，继续上路……

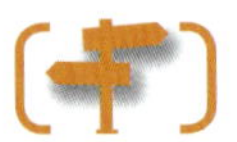

非洲母亲河

到达巴马科后，我们原计划乘船前往塞古， 并由此拉开长达二十多天的水上航行旅程。但向导告诉我们，今年尼日尔河的水量太小，只能先乘车赶往塞古，然后从塞古开始航行。

巴马科与塞古相距240公里，我们在中午时分赶到了塞古，这里确实是一个世外桃源般的地方。在物欲横流的今天，人们仍然保留着古朴的传统习俗，宁静而从容。当地保留了很多殖民时期的法式建筑，非常漂亮，许多欧洲人都会选择到这里度假，享受明媚的阳光和宜人的气候。当地有一个很有名的客栈，老板是黎巴嫩人，我们就在这里落脚。

吃过午饭，开始准备物资，因为要在尼日尔河上航行二十多天，准备了大量清洁淡水。我们将物资和装备提前搬运到当地人称为“皮纳斯” (Pinasse) 的一种装着马达的独木舟上。几个世纪以来，这种小船一直是当地传统的河上交通工具。我们租用的皮纳斯长约10米，算是比较大的，足以装下所有的装备和物资。船员一共有6名，我、费宣、向导以及3名雇来的船夫。日常三餐可以在船上解决，夜晚时则必须靠岸，在岸边选择合适的地方过夜。

尼日尔河看上去很清澈，发源于几内亚富塔贾隆高原，是位居尼罗河、刚果河之后的非洲第三大河，全长4 200多公里，流经5个国家。这是一条充满了母性的河流，她在沙漠中蜿蜒而过，有效地阻隔了撒哈拉沙漠向南侵袭的脚步。千百年来，时涨时落的河水滋养了两岸的土地，也承载着沿河1亿多居民的生活希望。

皮纳斯航行了12小时却只前进了80公里，因为水位太浅，大部分

1.热情的非洲儿童。

河段水深不过一米左右。尼日尔河的水量近年来大大减少，稍大点的皮纳斯在航行时经常搁浅，只能靠人力把船抬过水位太浅的河段。一路上，经常看到摆渡的船搁浅，整船的乘客都得下水抬船。我们并没有因为远道而来而受到优待，我们租用的皮纳斯也很大，经常发生搁浅的情况，我和费宣也只能挽起裤腿，和船夫们一起跳下水，把船抬过浅水区。这确实是一种全新的体验，在船上的那些天，我和费宣都仿佛忘记了自己原有的身份，变成了尼日尔河上的水手，掌舵、划桨、扎缆绳，一举一动都应和着天地的节奏。

尼日尔河孜孜不倦地滋润着干渴的撒哈拉，人们依赖她的甘露哺育而生生不息。尼日尔河对非洲的意义就如同长江、黄河之于中国，

因此尼日尔河生态环境的每一点变化都会直接影响到沿岸居民的生活。向导告诉我，近年来尼日尔河水量大幅减少，河道变窄，水域面积不断缩小，沿岸的粮食产量也大幅下降。在枯水期，一些河道上甚至可以行驶汽车，通往城内的运河一度干涸，港口一直退到了离城市10公里远的地方……向导忧伤的眼神流露出他对故土的深情，我也被他真挚的感情所感染：非洲是世界上最古老的大陆，也是近代以来灾难最深重的大陆，而这里的人民是如此热爱生活，哪怕生活是如此艰难！

阳光依旧耀眼，明晃晃地照射着水面，微风轻轻吹拂着脸颊。水面上的气温比岸上低得多，甚至可以称得上凉爽，但只要一上岸，温度马上又会骤升10℃以上。

不知不觉到了晚饭时间。靠山吃山，靠水吃水，在尼日尔河上自然要吃鱼。捕鱼是当地居民一项重要的生产方式，河面上有许多捕鱼的小船，做饭的时候只要招呼一声，就会有渔船靠过来，花很少的钱

飞豹视点

在塞古，人们还没有受到太多文明社会的“洗礼”，很多老人仍然很排斥拍照。向导告诫我们，千万不要未经允许就给他们拍照，那样会惹怒他们，因为当地人认为照相会摄走人的灵魂，而失去灵魂的人会很快死去。虽然现在照相机已经很普遍了，但一些老人仍然会拒绝拍照。

1.尼日尔河畔。
2.妇女在河畔售卖鲜鱼。
3.河畔一景。

就可以买到非常新鲜的鱼，极为方便。当晚我们买了新鲜的鲶鱼，船上的厨师用木炭烧制成地道的非洲风味，让我们大快朵颐。

晚饭后，在沙滩上宿营。夜晚有些凉，躺在细网纹帐篷里，我仰望夜空，满天星斗温柔地眨着眼睛，仿佛远古神祇悲悯的目光。在深蓝色天幕的映衬下，星光却又显得那么闪烁耀眼，那一刹那，内心是如此的宁静，又是如此的兴奋。

2

3

观浴惊魂

清早，我被一阵悉悉索索的声音吵醒，原来船夫们已经在打扫营地，开始做启航前的准备工作了。钻出帐篷，河面上已经能看到渔民早起捕鱼的身影，我赶快叫醒费宣，将帐篷收拾起来，搬回船上装好。看到我们起床了，船夫们招呼着准备启航，我和费宣又仔细地检查了宿营地，把垃圾都收起来放到一个专门的大袋子里带到船上，这些垃圾会送到尼亚美的垃圾处理处。这也是我多年来养成的习惯，每次外出探险，都会把垃圾随身带走，绝不会随意丢弃在宿营地。

我们航行在水面上，沿岸却是大片的沙漠。水是生命之源，沙漠却是死亡的温床；一边是蜿蜒流淌、生机勃勃，一边是亘古荒凉、一片死寂。动与静、生与死的强烈对比给人以巨大的震撼。

尼日尔河和常见的大河不太一样，河道很宽，但是水很浅，很难想象，这样一条大部分河段水深不超过一米的河流，居然能够在沙漠中蜿蜒流淌数千公里而不干涸。沿岸是随处可见的黄沙，植被稀稀疏疏，几乎没有高大的树木，都是一些低矮的灌木，生态环境比较恶劣。

这里的居民大多是班巴拉人，对我们非常热情，船只驶过时，经常能够见到沿岸的人们挥手打招呼。当地居民洗衣服、洗碗、洗澡都在河里，孩子们的游乐场也在河边，生产劳作（捕鱼）的场所也在河里，一天的航行下来，基本可以把当地人的主要生活场景看个遍。

我们航行在水面上，沿岸却是大片的沙漠。一边是蜿蜒流淌、生机勃勃，一边是亘古荒凉、一片死寂。动与静、生与死的强烈对比给人以巨大的震撼。

1.观浴惊魂。

河面上最多的是各种各样的小渔船，一般人数不多，就三四个人。常见的是父亲带着家里能帮得上忙的男孩子一起捕鱼，我见到最小的一个男孩只有六七岁，正是贪玩的年纪，却已经要跟着父亲承担一家人的生计，真是穷人的孩子早当家啊！

渔船上一般看不到女孩子，不知道当地人是不是也有女孩子不能上船，否则鱼就会溜走，让渔民一无所获的说法。我看到女孩子大多都在河边洗衣服、洗碗，有一次甚至有一群妇女在洗澡，和三毛笔下所描绘的如出一辙。

看到小船驶过，女人们热情地向我们打招呼，看得我和费宣瞠目结舌、面面相觑。在无遮无拦的河岸边，她们就这样赤裸着上身戏

飞豹视点

在当地，赤裸上身司空见惯。如果遇到在河岸边戏水、洗澡的妇女向你热情地打招呼，不但不需要回避，而且应该微笑着回应，否则会被视为没有礼貌。

1.河边洗澡的小朋友。
2.当地青年。

水，也不避人，还向过往的船只热情地打招呼，这样的场景对于来自万里之外的中国的我们实在是太震撼了。几乎是下意识地，我和费宣不约而同地扭开了头，不敢再往岸上看。 向导看到我们的样子不禁哈哈大笑，他向我们解释说，这是当地的风俗，妇女们赤裸上身是很正常的。

一路上这种现象司空见惯，我和费宣也就见怪不怪了。后来再遇到类似情况，我们也入乡随俗，微笑着向她们挥手致意。问过向导得知可以拍照后，我还拍了几张照片。船靠岸以后，我跳到尼日尔河里洗了个澡，但毕竟受了多年儒家文化的熏陶，没好意思脱得像当地人那么干净。

向导赛库是个很热情开朗的人，原本是当地大学教授英文的老师。随着马里旅游业的发展，他辞去了教师工作，专门为国外旅客提供翻译和向导服务，收入比当教师高了不少。但家里只有赛库一个人有收入，全家的生计都维系在他一个人身上。赛库对每一个顾客都非常的耐心，服务优质得没话说。

我们是他接待的第一批中国顾客，他很喜欢中国人，受过高等教育的他显然对中国援建非洲的情况非常了解。据他介绍，尼日尔河沿岸的通讯网络基站大多都是中国公司建设的，中国朋友的帮助大大提高了他们的生活品质。赛库还很有前瞻意识，这几天都在跟我们学习汉语，他说这次服务结束后，会去系统地学习汉语，因为他相信以后到非洲来的中国人会越来越多，应该提前为以后做好准备。

来到非洲的这十几天，每一个地方给我的体验和感受都不相同，但这片大地的美丽是毋庸置疑的。贫穷和落后让人们对这片古老的大地产生了误解，愚昧、原始和野蛮是人们对非洲最普遍的印象。出发前我也曾查阅大量有关非洲的资料，得到的信息不是武装冲突、游客被绑，就是瘟疫横行、疾病丛生。初到非洲的那几天我和费宣都过得战战兢兢的，吃饭怕闹肚子，喝水怕不干净，连看见蚊子都如临大敌，生怕染上疟疾。但十多天的行程过后，我已经被这块淳朴而美丽的大地深深地感动了。这里的人们热情而和善，也许他们的一些古老风俗让发达国家的人觉得野蛮而残忍，但那是他们的信仰。欧美的每一次宗教战争同样是血迹斑斑，只不过表面的文明掩盖了曾经血腥而肮脏的历史罢了。

我和费宣已经完全融入了当地人的生活，每天和他们一起吃喝，一起干活。什么寄生虫、传染病早已抛诸脑后，当地人从小就是这样生活的，同样长得结实健壮，我们又怕什么呢？

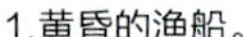
1.黄昏的渔船。

飞豹视点

非洲的很多地方都施行一夫多妻制。当地人喜欢用窗户的数量来显示拥有妻子的数量，要知道这家的男人有几个妻子，只要数他房子上的窗户有几个就行了，有的人家的窗户甚至多达十几个呢！

每天航行到太阳快落山时，船夫们就会寻找一块合适的河滩靠岸。每天都在河岸边就地宿营，蚊虫自然是不用说，穿着长衣长裤仍然被叮得满身是包！天一黑气温就降下来了，越靠近沙漠，气温的变化也越明显，早晚温差很大。白天气温基本都在四十七八度，火辣辣的太阳晒得人头昏脑涨，晚上却忽然就凉下来了，睡在薄薄的睡袋里有时还能感觉到阵阵的寒意。

 非洲的蒙娜丽莎

次日一大早再次启程。水面上依旧那么热闹，细长的捕鱼小船穿梭往来，初升的太阳映照着粼粼波光，水面仿佛跳动着金色的火焰，将尼日尔河映照成酡红般瑰丽。清晨的风似有若无地吹拂着，眼前的世界如同一颗吸饱了养分的种籽，充满了生机与活力。

下一个目的地是尼日尔河沿岸的重要城市之一杰内。原本是可以

1.绚丽的服饰。
2.杰内街景。
3.杰内大清真寺。

1

直接乘船到达的，但由于生态环境的恶化，连接尼日尔河与杰内的支流已经干涸了，我们只能将船泊在岸边，乘车前往。

这座撒哈拉地区最古老的城市，位于马里南部边境和撒哈拉沙漠之间的通道上，是非洲人心中的传奇之城。早在公元前250年就有人定居于此，它曾经是撒哈拉黄金交易之路上重要的集散地，公元十五六世纪时，还是伊斯兰教传播中心之一。

杰内古城以光辉灿烂的伊斯兰文化和盛极一时的摩尔式建筑闻名于伊斯兰界和撒哈拉以南的热带非洲地区，是一座富有珍贵历史文化价值的城市。古城给我的第一感觉是惊艳，从来没有想到用泥土建造的城市也可以这么美。杰内古城被称为“尼日尔河谷的宝石”，在被摩洛哥征服之前，这里是西非最美丽的商业城市。民居的院墙都是用泥沙涂抹的，院子中央有一个公共场院，整体看来仿佛是一块块切割整齐的大石块。

尤其值得夸耀的是古城中央那座按照15世纪苏丹建筑风格重建的

杰内大清真寺。这是一座造型奇特的壮丽沙堡，高11米、周长56米。据说在建造时没有用一砖一石，而是用一种特殊的黏土和椰树树枝作为骨架建造而成的，那种用灰泥涂抹的捣实黏土块是非洲国家常用的建筑材料。

杰内大清真寺的建筑面积达3 000多平方米，为不对称结构，曲线变化之丰富动人心魄。寺院主墙由3座塔楼构成，塔楼在5根泥柱的连接下成为一体，向外突出的支架巧妙地起到了装饰效果。寺内有100根粗大的四方体泥柱支撑着祈祷大厅的屋顶，屋顶上密密地排列着许多气洞。杰内大清真寺被视为非洲建筑史上的一大杰作，也是西非伊斯兰教的象征。

不过这座大清真寺只有穆斯林才能入内，所以我们只能遗憾地在外面拍了几张照片，以一斑而窥全豹。在它周边还有一大片多层建筑，这些建筑和清真寺一样都是土木结构，亲切而富于美感。

话说回来，其实我们运气不错，到达当天正好碰上集市日，相当于中国乡镇赶集的日子。集市上非常热闹，女人们穿着鲜艳的传统服饰挑选着生活必需品。纯净而妩媚的眼神，鲜亮的服饰配上精致的发式让她们散发着一种端庄而又神秘的气质。做生意的大部分也都是女人，向导赛库说这是当地的风俗。

 沙漠中的威尼斯

河水渐行渐浅，我们的皮纳斯每前进一公里都越来越吃力，经常要下水推船或抬船。当地人的友好和热情又一次帮了大忙，如果没有素不相识的人们的帮助，我们是不可能在一天之内从杰内抵达莫普提的。

1

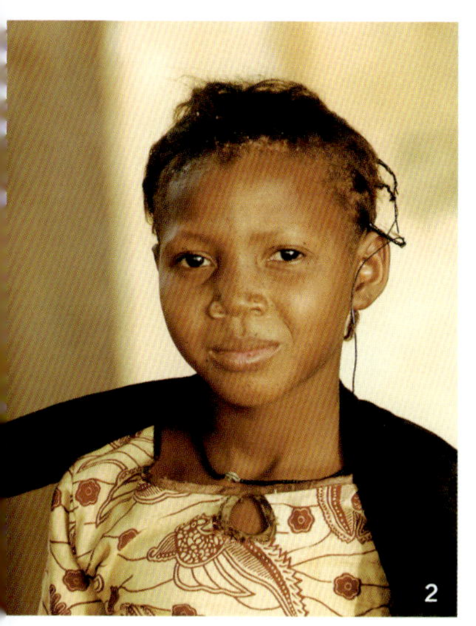

1.夕阳下的尼日尔河畔。
2.非洲女孩。
3.未来的总统就是我——小男孩拿着自己偶像的海报。

莫普提是马里中部的一座城市，坐落在尼日尔河及其支流巴尼尔河汇合处的三个小岛上。因为完全被水包围，莫普提又被称为“撒哈拉深处的威尼斯”。一直以来，莫普提都有“千鱼之城”的美誉。每到雨季，2.4万平方公里的湖面一望无垠，肉质细嫩的尼罗鲈、能长到1米多长的马里鲑，以及各种各样叫不上名字的鱼在这片水域繁衍生长。不凑巧的是，现在正是枯水季，不但看不到汪洋一片的景象，连行船都很困难。

莫普提可以算是撒哈拉深处第一大水陆码头。这里几乎每家每户都有自己的渔船，附近四乡八镇的各种土产、特产也都要用大船小舟运到这里，再装上汽车送往首都巴马科或者边境口岸锡加索。从其他地方运来的工业品也要在这里装上船，分送到边远的村镇。

走在莫普提的街上，空气中弥漫着一股浓郁的鱼腥味儿。一路行来，河边总有许多妇女在洗衣服，在河里洗澡的人也很多。令人咂舌的是，常常在离人们洗澡不远的地方，就有人在给牲畜洗澡，人和

远处一艘晚归的渔船，船尾尖尖地翘起，两个小伙挺拔的身姿被夕阳刻画成一幅剪影。屏住呼吸，我拍下了那一刻的画面，也许非洲人血液中流淌的野性和纯真就来自于与天地沟通时的那种感动。

动物就在同一条河里洗得不亦乐乎。洗好的衣物就地铺开在河滩上晾晒，花花绿绿的也算是岸边的一道风景。

我们去的那年，尼日尔河的水量特别小，有些地方甚至露出了河床，河道变得特别狭窄，昔日纵横交错的支流现在也大多干涸了，加上周边沙漠的侵蚀，前面的水道将会更加狭窄。向导安置好我和费宣以后就去找当地人勘察前方的水道，如果情况不乐观，前行之路将会更加困难。

到达莫普提已是下午时分，正是孩子们放学的时候，我们在街边向他们挥手，嘴里喊着刚学来的豪萨语[1]：“撒哇！”孩子们也欢笑着回应。“撒哇”是“你好”的意思，这句话基本可以通行整个北部非洲。当地的成年人几乎都不喜欢别人为他们拍照，但和小孩子沟通就要容易得多。一个小男孩看见我们要给他拍照，特意从书包里翻出一张当时的马里总统阿马杜·图马尼·杜尔的海报举起来让我们拍，看起来这是他的偶像。也许长大以后做总统也是他小小心灵中的一个愿望吧！

每次我拍完照片都会给让我拍照的孩子们看，一个小女孩也许是太好奇、太喜欢拍照这种对她来说很神奇的游戏，一直跟着我们走过了好几条街，让我们为她多拍几张照片。每次她都会睁着一双明亮的大眼睛看着镜头，眼里对外界生活的向往和好奇简直让人感动。

[1] 豪萨语：非洲最重要的三大语言之一，属于乍得语系。——编者注

太阳快落山时，我拉着费宣来到河边。水面上的小船大多都收桨靠岸了，落日的余晖映照着水面，微风轻拂，粼粼波光一层又一层地荡漾着，美极了。远处还有一艘晚归的渔船，船尾尖尖地翘起，两个小伙矫健而挺拔的身姿被夕阳刻画成一幅剪影，人与自然的交融在这一刻达到了极致。

屏住呼吸，我拍下了那一刻的画面。我想，也许非洲人血液中流淌的野性和纯真就来自于与天地沟通时的那一种感动。

悬崖上的村庄

居住在莫普提东部邦贾加拉悬崖上的多冈人是一个古老而神秘的民族，他们拥有博大的宇宙观、独特的社会制度和丰富的文化艺术。虽然现代文明不断地冲击着传统，但他们仍然保持着固定不变的生活方式和几个世纪以来一直传承的多冈文化的灵魂。恰巧请的新船夫要隔一天才能抵达，给我们留下整整一天的时间，一睹邦贾加拉悬崖的壮美。

阿玛都是马里旅游公司的职员，我们委托他的公司办理尼日尔的落地签证，他特意把签证送过来。知道我们即将前往邦贾加拉悬崖，阿玛都非常兴奋，自告奋勇地为我们做向导。

“哈，多冈，我的朋友很多都是多冈人，特别豪爽。”阿玛都一脸的自豪。

“你对那里很熟吗？”我问他。

1.邦贾加拉悬崖上多冈人的居所。

“当然，那里的长老是我的朋友，”阿玛都说，“我带着你们去，保证是贵宾级待遇。”

“能看到面具舞吗？”

“可不可以去断崖区？”

我和费宣都快等不及了。我好奇的是多冈人古老而神秘的文化和传说，费宣则更关心能否到著名的邦贾加拉悬崖进行地质考察。

“放心、放心，咱们先到断崖区，面具舞每天下午都有的。”阿玛都一口答应，信誓旦旦地保证，绝对让我们不虚此行。

邦贾加拉悬崖是一座断层山脉，面向尼日尔河的一面是相对高度约500米的陡峭断崖，早在1989年就被列为世界文化遗产。多冈人的村落整体看起来非常奇特，就像一个人的形状：头部是专供男人集合的场所，脚则是南端的两座庙宇，东西两端各有一间圆形房屋代表手，供长老们居住的村落中心则代表了胸部。尖顶泥屋的民居也像是一个人：厨房是头部，两个用来排气、采光的孔代表眼睛，卧室算腹部，左右两边的仓库分别代表女人和男人；床象征着大地，平屋顶则表示天空；装饰着代表祖先和神的各种雕刻的大门位于脚部的位置。

悬崖峭壁间布满了多冈人蜂窝般的居所。传说在14世纪初，当地居民为躲避被抓为奴隶在这里安营扎寨。后来，又为了逃避战乱以及抵制伊斯兰教的同化而定居于此，因而逐渐形成了这种独特的景观。

第一眼见到这个悬崖上的村庄，感觉真是原始而又贫穷。当地人看上去又黑又瘦，老人戴着宽沿的斗笠，表情严肃，黑色或蓝色的布袍紧紧包裹着他们的身体，每个老人手里都拿着一根木杖，哪怕看上去精神比我们还好的也不例外。

多冈人信奉神灵，他们没有自己的文字，生活和历史主要依靠传说和绘画来记录。每一个人都是艺术家，每个家庭都有一间自己的工作室，用来制作生产工具及日常用品。在我眼里，他们制作的每一件器具都是精美的艺术品，上面的木雕描绘了他们祖先的生活场景，有狩猎、采集、劳作，栩栩如生、美轮美奂。当地的妇女自己织布制作衣物，并在布料上绘制出美丽的图案，有时她们也会将生活场景和传说描绘到布匹上。多冈人就这样把历史和文化穿在身上、刻在心里，每一个人、每一件衣服，都是一幅流动的历史。

举世闻名的邦贾加拉悬崖是一个典型的地质断层带。一到这里费

飞豹视点

天狼星是夜空中肉眼能看到的最明亮的星星之一，许多天文著作记载它是深红色的，而现代人看见的天狼星却是白色的。科学家们百思不得其解，却在多冈人那里得到了答案。多冈人不仅知道天狼星是由一大一小两颗星组成的，而且还能画出两颗星的运行轨迹。

宣的眼神就变了，变得严肃而专注。他拿出随身携带的地质锤和放大镜，敲敲打打地翻捡地上的石块，一边观察一边给我分析这些岩石的成分和特征。

“咦？”费宣发出一声疑问，“这里的岩石都带有明显的湖象特征，估计很久以前这里曾经是一个大湖泊。”

“真的？”我也凑了上去，翻起一块石头看来看去，想找到费宣说的湖象特征，不过什么也看不出来。

站在一旁的阿玛都却对费宣竖起了大拇指。他告诉我们，在多冈人的传说中，他们的祖先生存在一个水草丰美的湖泊旁，以渔猎为生。由于食物充足，部落发展得繁盛而强大，周围的部落都向他们表示臣服。虽然现在这里一片干热荒寂，但多冈人一直相信，总有一天他们会重获祖先的荣光，让部族的人民过上幸福的生活。

听着阿玛都的话，我不禁有些神往，那一定是多冈人最强大最幸福的时代吧。多冈人曾经在文化和科技方面获得了极高的成就，甚至解开了连科学家都犯难的“天狼星色变之谜”。

1.多冈部族青年与特色纺织品。
2.多冈人制作的精美的木雕。

在断崖的顶部，我们果然见到了远古湖泊的残迹，不过现在只剩下一个小小的池塘，里面残留着几条老迈的鳄鱼，它们已经被村民们当做神灵供养起来了。

这里是曾经孕育了多冈部族文明的湖泊的最后一点痕迹，不知道这样的痕迹还能保存多久。费宣发现邦贾加拉悬崖地区石漠化现象非常严重，地表主要由沉积砂岩构成，沙漠正在一步一步地威胁着世代居住在这里的多冈人的生活。

离开悬崖，村长带我们来到一座房子前。这里应该算是村公所一类的地方，门上贴满了各种各样的招贴画，是世界各地的探险家来到这里留下的印记。老人自豪地说，这里是整个村子的骄傲，代表世界各地的朋友对多冈人的爱。

1.贴满各国文字的祝福之门。

“尊贵的客人，你愿意为多冈留下祝福吗？”老人礼貌地问我。

“当然愿意。”我连忙从包里拿出一个带有此次活动LOGO的即时贴。“这是来自古老中国的两个客人的祝福，请允许它留在多冈。”

老人微笑着点了点头，一个小孩机灵地接过即时贴，端正地贴在大门上。于是，在那扇贴满了世界各国文字的门上，第一次出现了我们中国的汉字。

这时，阿玛都过来催我们：“快点快点，村子里的仪式马上就要开始啦！”

我眼睛一亮：“是面具舞表演吗？”

“是啊！要看就要快点回去。”

面具舞是多冈人每天傍晚例行的祭神仪式，是他们沟通天地与神灵的方式。多冈人认为，在舞蹈中可以和神灵对话，通过舞姿把愿望和敬畏传达给祖先和神灵，祈求他们的庇护。

1.击鼓的年轻人。
2.目光威严的长者。

跳舞的主要是村里的青年男子，他们穿着怪异的服饰，色彩艳丽而夸张。从服饰看来，舞蹈中有两个角色。一种带着由贝壳缝制成的面具，脚下绑着彩色的木棍，类似中国的高跷，胸前装饰着两个牛角，踩在木棍上让他们显得高大而威严，想来扮演的是神灵一类的角色。另一种戴着沉重的木质面具，面具上装饰着长长的、如同羊角一般的东西，手里拿着木棍，可能扮演的是祭司一类的角色。

村里的人几乎都来了。老人们穿着蓝色的布袍，头上戴着斗笠，用锐利的目光盯着年轻的舞者，要是有谁不认真或是跳得不好他们就会大声呵斥，甚至用木棍击打。整个仪式热闹而神圣，恶劣的自然环境让多冈人更加虔诚地信奉神灵，他们希望通过祈祷和奉献让神灵驱散沙漠，带给部族富饶而肥美的土地，一如远古时那样。

远处落日的余晖把尼日尔河映成一片绯红，粼粼的波光跳跃着、闪动着，仿佛有无数精灵在水面上翩翩起舞。如火一般的夕阳一点一点地向水面坠落而下的情景让我突然想起了唐代大诗人王维的千古名句："大漠孤烟直，长河落日圆。"

此刻的景象与诗中描写的场景何其相似，只不过其中的心境却大相径庭。古时交通不便，从长安到大漠通常需要走好几个月，其间舟车劳顿、风餐露宿是不可避免的，因此在古人的心中，到苦寒的塞外无疑是一件避之不及的苦事。王维出使塞外，见到大漠雄浑壮美的景色时，一时有感而发，作出千古名句，但语句中透露出一抹清冷孤寂的味道。而我从遥远的昆明来到撒哈拉，却是来寻梦的，既是追寻我自己的梦想，也是追寻人类早已失落的童年迷梦。这里的每一个画面、每一处风景、每一张笑脸都深深地感动着我，虽然每天早上起床时帐篷都几乎被黄沙掩埋，每一口饭菜都拌着尘土，但是我仍然深爱这里，深爱这块灼热的土地和它承载的生命。

 非洲水世界

离开莫普提没多久，我就发现河面变宽了不少，那感觉就像小溪汇进大河一样。赛库很厉害，他看到我望着河面出神，马上就猜到了我心中的疑问，立马过来答疑解惑。原来尼日尔河有一条重要的支流——巴尼河，长1 000公里左右，在莫普提汇入尼日尔河，使得尼日尔河看起来更加宽广了。

巴尼河流经之处地势低平，两岸几乎都是沼泽，放眼望去，岸上的植物少得可怜，村庄也变少了。前几天在船上用江湖人称“小竹炮”的长焦镜头拍照时随手可得的好画面，如今也已变得可遇而不可求了。

1.当地人用皮纳斯运送粮食和牲口。

我们依然逆风而行，但好在是顺流而下。头顶热辣的太阳发了疯似的拼命释放着热量，船头不时溅起的水花被迎面而来的热风吹到脸上，这难得的点点凉意对被炙热包裹的我们是些许的慰藉。

不经意间，我们已经进入尼日尔河上最大的内陆湖——德博湖。德博湖位于马里中部，是由于河水骤然下落而形成的。德博湖地区又被称为尼日尔河的内陆三角洲，当地人亲昵地称之为“马西纳谷地”。

微风吹过水面，荡起一阵涟漪，湖水轻轻地拍打着皮纳斯的两舷，发出“哗哗”的声音。渔人们互相招呼的声音和捕获猎物时的欢笑声揉合在一起，构成了一幅热闹而富足的景象。

不知道是我们的运气不好，还是渔民的运气不好，今天他们捕到

飞豹视点

德博湖是尼日尔河上最大的湖泊，但水深只有1米左右。每年的9月至次年的3月是德博湖最干旱的季节，水量随着旱季的到来大大减少，北方的富拉尼游牧民族就南下至此，在这里放牧。等到雨季，尼日尔河和巴尼河汛期一开始，这里就会成为住在湖畔的博佐人捕鱼的最佳场所。同时，这里也是候鸟的停留地。联合国教科文组织已经把这里列为《湿地公约》保护区。

的鱼都小得可怜，我们只买到了一条小不点鱼。这可大大地难为了我们的厨师，这么个小不点要怎么喂饱船上这好几张嘴呢？看着这条鱼，我们都犯难了，可厨师却一脸“包在我身上”的神情，拎着鱼就去做饭了。

我们好奇地等待着，没过一会儿，厨师赛嘎就端出了一盘大餐——鱼和烤香蕉。这些烤香蕉让我们吃到饱是没问题的，鱼就算是开胃小菜吧。香蕉在这里也是主食，不像我们中国人只把它当做水果吃。吃完香蕉大餐后，向导为我们每人倒了一杯薄荷茶，这茶我们一天三顿地喝，又能提神又能解乏，喝多了也慢慢觉得味道不错了。

饭后我拉着费宣在岸上四处溜达。植物真的没有多少，空气能见度也不高，随风而来的都是沙子，灰头土脸绝对是最佳的写照。我突然意识到刚才吃饭的时候嘴里为什么有怪怪的感觉了，看来沙漠的气息越来越浓了。

斜阳下，渔船慢慢靠岸。远远地，我看到一只竖着破帆的船，帆虽然破了，可速度还挺快，心中不由得感叹：再破的船也能远航！

1.妆扮靓丽的当地人。
2.鱼市场的小贩。
3.河畔售卖的工艺品。
4.流进马里的尼日尔河。

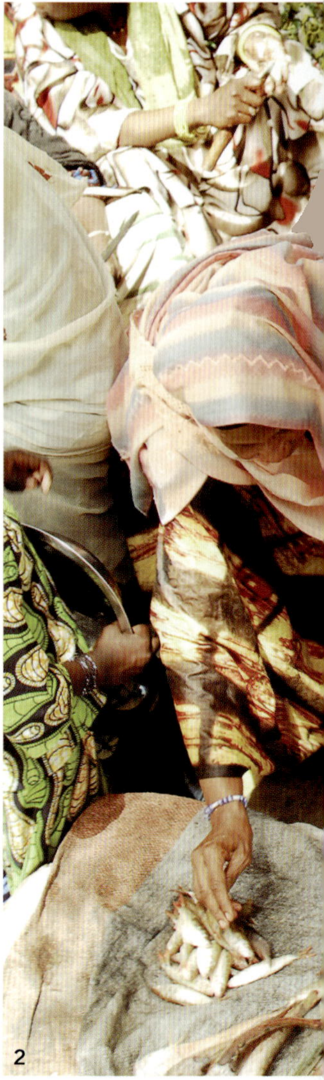

4

PART 3 绝地撒哈拉

“沙漠悍匪”

我们的下一站是一个极具传奇色彩的城市——被称为“沙漠明珠”的通布图。通布图地处撒哈拉沙漠南缘，尼日尔河中游北岸。这座城市最初由图阿雷格人所建，现在的居民主要为桑海人，此外还有图阿雷格人和阿拉伯人，民族成分较为复杂。

出发前赛库给我们每人发了一条蓝色的围巾，我初步估计了一下大约有2米多长。赛库说这个叫“土尔巴”，进入通布图之前大家都要把它围上，连头都要包起来。据说在通布图，所有人都是这副打扮，不管你是图阿雷格人还是穆斯林，都一律围着土尔巴，因为这是撒哈拉的一种象征。

船速很慢，风却不小，还夹杂着大量的尘土，令人有些窒息。撒哈拉沙漠近在咫尺，河水蒸发量越来越大，降雨量越来越小。吃过午饭没多久，船又搁浅了，船老大巴马立刻跳下船检查船的情况。

突然听到他“哎呀”一声，我伸头一看，河水已经被染红了一片，赶紧和另一个船老大阿里一起把巴马拉上船。巴马的脚被划开了一道长长的口子，两侧的肌肉狰狞地翻开，鲜血不断地涌出来。原来是踩到了泥沙里的贝壳，贝壳的边缘非常锋利，堪比匕首，有时渔民在剖鱼时还会顺手从河里捞个贝壳来代替刀具。

巴马的伤口很深，一向酷酷的表情也痛得有些扭曲了。费宣从背包里翻出随身携带的云南白药急救包，拿出纱布和碘酒为巴马处理伤口。阿里他们都好奇地围着费宣，我指着急救包上的白药标志，骄傲地给他们介绍这是我们中国古老的灵药。也许是我用英文介绍得不是太明白，阿里他们都茫然地看着我，只有赛库在想了半天以后蹦出一句：“中国神药？”我和费宣不禁莞尔。处理完巴马的伤口，我们让他在船上好好休息，其他人一起跳下船，把船抬出了浅滩。

船继续艰难地前行，河面上的船只开始多了起来。一群马在岸边喝水，我不禁眼睛一亮：真是一群好马！风吹拂着它们长长的鬃毛，高大矫健的身躯透出一股桀骜不驯的味道。看到有船经过，它们也好奇地盯着我们，我赶紧拿起相机，为它们拍了好几张照片。

这里的自然风光和人文景观都太美了，每一个画面在我眼中都那么富有美感，每时每刻都有值得记录的场景。我每天都会拍摄上百张照片，因为这里值得纪念的东西实在太多，每一张照片都蕴含着一个故事，只可惜当地网络传输的速度太慢，每天只能传几张照片回昆明，真希望能和所有人在同一时间一起分享我所看到的每一幅美景。

1

1.河边喝水的骏马。
2.“沙漠悍匪”。

太阳越来越低，往常这个时候我们已经在觅地扎营了，今天怎么没见船老大有靠岸的意思啊？正想问，赛库走进船舱，告诉我们通布图快到了，船老大决定连夜赶到那里去休息。听到这个消息我和费宣很兴奋，连忙翻出赛库给我们的 “土尔巴”。我拿着“土尔巴”在头上裹来裹去，看得费宣和赛库哈哈大笑，最后还是赛库出手帮我裹好了头巾。我一看，好家伙，头和脸都包得严严实实的，只露出一双眼睛，活脱脱电影里沙漠悍匪的造型！我拿出武器——相机，摆了一个自认为最酷的造型，闪着寒光的镜头，搭配上犀利的眼神，还真有点沙漠悍匪的味道呢！

 阿里巴巴和小贩

到达通布图已经很晚了，向导将我们带到“当地最好”的一家旅馆安顿下来。一路下来我也算对非洲人口中的“当地最好”有了大概的印象，想必是不能以惯常的标准来衡量的。到了地方一看果然不假，这家当地最好的旅馆估计就和咱中国西北偏远地区的小旅馆差不多。不过我们倒也不挑剔，睡了几天的帐篷，能有个床让我舒舒服服地睡一觉已经感觉很惬意了！船上的水和食物都剩得不多了，我们决定在通布图停留一天，一边补充物资一边好好参观一下这座举世闻名的“沙漠之都”。

通布图又叫廷巴克图，建于公元1100年，曾是撒哈拉地区著名的贸易、文化中心。在欧洲殖民者入侵以前，那些满载着盐巴、象牙、奴隶、金子和各种无法名状的财宝的骆驼商队，沿着古老的撒哈拉沙

1.当地人习惯用头顶各种物品。
2.通布图街道上的理发店。
3.热闹的通布图集市。

漠商道前行，通布图是必经之路和集散地。这里还是非洲最早接受并信仰伊斯兰教的地区。

早在进入马里以前，我就知道将经过这个充满了传奇色彩的沙漠重镇，今天终于来到这里，眼前的一切却让我们有些失望。举世闻名的通布图，号称“撒哈拉明珠”的商贸重镇通布图，其实就和中国最偏远的小镇差不多，早上起床看到城市的第一眼，我竟然下意识地想起了我去过多次的西藏小县城——阿里。

赛库和船老大要采购食物和清水，不能陪伴我们，所以我们在当地找了一个向导，他的名字很有阿拉伯特色，叫阿里巴巴。传说他的祖先是最精明的沙漠部族之一，事实证明他的确继承了祖先的天赋。

上街之前，阿里巴巴和我们商量，我们购物时由他去和小贩们讲

飞豹视点

通布图有一口代表城市起源的水井。传说通布图是由图阿雷格人建立的，当年他们为了寻找水源，赶着牛羊、骆驼，带着帐篷和其他生活用品，常年往返于阿鲁万纳和尼日尔河沿岸之间。每逢旱季就南下来到这口水井旁，围着水井安营扎寨，雨季时便留下多余物品返回北方。这口水井由一名叫布克图的老妇人看守，因此图阿雷格人每次南下时都说去“廷一布克图”，意为“布克图之地”，通布图的别称“廷巴克图”便是从“廷一布克图”演化而来的。

价，最后我们直接把钱付给他就可以了。我们当然一口答应，毕竟小贩们说什么我们也听不懂啊！结果一天下来，光是购买普通的头巾和长袍就让我们花了高出平常4倍的价钱。不过他的服务态度还是非常不错的，我们也就欣然接受了昂贵的沙漠长袍。

购物结束，阿里巴巴带我们去参观为纪念早期到达通布图的探险家们设立的博物馆。在博物馆中我们见到了探险家前辈们留下的手稿。19世纪下半叶，英、法等国的探险家相继进入非洲大陆的心脏，寻找尼罗河的源头，勘察刚果河和赞比西河流域，还踏上了月亮山。有的人在非洲一待就是十几年，甚至一次探险就花去几年的时间，他们为世人揭开了这块黑色大陆的神秘面纱，向世人呈现了一个真实的非洲。和他们相比，我们实在不敢说自己是在探险。那时他们面对的是尚未被世人认识的撒哈拉，遭遇的危险和困难远远超过今天我们面对的。正是因为他们不畏艰险地考察与探险，才让世人认识了今天的撒哈拉，这份精神真是值得我们铭记学习。

> 我们仍然觉得带的东西不够多，总有一些懂事得让人辛酸的孩子让人忍不住关心。看着眼前这个抄写经文的孩子，我没有打扰他，悄悄地给他拍了一张照片，默默地离开了。

从博物馆回来的路上，路过一所当地的小学。学校的教学条件非常糟糕，但孩子们坐在破旧的课桌前仍然在认真地学习。我惊讶地在最后一排发现了几个成年人，应该有三十多岁了，在一群年幼的孩子中显得格外特别，但他们和孩子们一样认真地听老师讲课，还不时地记着笔记。这个仿佛都德笔下《最后一课》的场景让我格外感动：一个民族无论多么贫穷和落后，只要她的人民还保有旺盛的求知欲，那这就是一个有希望和未来的民族。

在教室外，我看见了让我心酸的一幕，一个孩子因为买不起纸和笔，只能用削尖的木棍蘸着墨水在木板上抄写经文。从北京出发时，我和费宣带了不少的糖果和铅笔，为此行李还超重被罚款。但到了这里以后，我们仍然觉得带的东西不够多，总有一些懂事得让人辛酸的孩子叫人忍不住去怜惜、关心，没过几天糖果和文具就已经分发完了。看着眼前这个认真抄写经文的孩子，我没有打扰他，悄悄地给他拍了一张照片，默默地离开了。

通布图很小，我们只用了几个小时就逛遍了大街小巷，多数小贩都会向我们高喊“酷尼其哇”，我们只能一一回答我们不是日本人，而是中国人。可以想象，来到这个偏远的沙漠之都的中国人并不多。我们只在城里转了一圈，客栈就被兜售各种商品的小贩们围得水泄不通。向导说，现在全城都知道城里来了两个中国人！

0° 轮回

离开通布图，我们将开始一段全新的水路。从通布图到加奥这一段，沿岸居民以桑海人[1]为主，所以我们请了桑海人穆斯塔法做船老大。他可是当地有名的万事通，有他在，和当地人的沟通能顺畅很多，而且他对我们即将要走的那段水路熟到可以闭着眼睛走，把船交给他我们放心。

清凉的河水并没有带来多少凉意，迎面吹来的不是风而是热浪，感觉就像置身在一个巨大的火炉中。赛库见怪不怪地说当天的气温有

1.沙漠中难得一见的绿地。

[1] 桑海人：西非民族，属尼格罗人种。曾建立桑海帝国，公元15世纪达到鼎盛，是当时西非最强大的帝国。——编者注

1

45℃。我和费宣听后不禁咂舌：乖乖，昆明最热的那几天也不过30℃上下，这里随随便便就上40℃，非洲果然厉害。沿岸那些稀疏的植物也在时刻提醒着我们：这里是火炉。然而就在这么一个干旱缺水、风沙不断的地方，这些植物坚强地生长着，就像当地的人们一样，环境再恶劣，生活也依然在继续，好像没有什么可以改变他们、阻碍他们。

一向温柔的河水在快到加奥时变得十分湍急，两岸密布着错落的黑色礁石，这是我们出发以来最为险峻的一段河道。相比这些看得见的礁石，那些隐藏在水底的礁石才是对我们最大的威胁！坐在船上，不时听见船底碰撞礁石发出“嘭”“嘭”的响声，手心里不禁捏了一把冷汗，心里不断地安慰自己：这条皮纳斯很结实的，应该不会就这样散架吧！

有几次船卡在礁石里动不了，船夫们就跳下去把船抬出来，我和

1.摩托比骆驼跑得快。
2.汲水的妇女。
3.骑驴打水。

费宣也像往常一样要去帮忙，但是这一次船老大说什么也不让我们下水。“水里经常会有锋利的礁石，如果不小心就会割伤到自己，你们还有很长的路要走，不要在这里弄伤了自己。”话说得简单、质朴，却令人那么感动！

事实证明船老大的担心不是多余的。他刚说完没过一会，胡赛迪就被礁石划伤了脚，我们赶快把他拉上船，用云南白药急救包给他处理伤口。这一路走来，云南白药急救包发挥过好几次重要作用，费宣也俨然成为这条船上的专职医生了。

整个下午我们走走停停，不断避让河中的礁石，速度慢得像蜗牛爬。不知不觉已经到了黄昏时分，距离加奥却还有20公里，看来当晚只能在河边靠岸扎营了。

休息前我忙着把这些天拍的照片用海事卫星传回国内。有的网友

飞豹视点

加奥古城：马里东部城市，位于尼日尔河左岸，撒哈拉沙漠南缘，建于公元7世纪末，曾经是桑海帝国的首都。城里著名的阿斯基亚清真寺前身是桑海帝国皇帝阿斯基亚·穆罕默德一世的陵墓，2004年被列入联合国教科文组织的世界遗产名录。

看了我的博客后评论说，撒哈拉沙漠中怎么会有那么美的景象，怎么跟他们看到的非洲不一样。其实每个人的视角不同，所看到的世界也会不同。我和费宣不远万里来到充满神秘色彩的撒哈拉，每天见到的都是新奇的甚至是鲜为人知的事物，有时候也会觉得非洲和我们想象中的不一样，甚至和电视上看到的都不一样。

入夜后，沙漠雄浑壮美的景色引发的感动仍然温暖着我，心中充盈着澎湃而激越的情感，让我久久不能入睡。我拿出卫星手机，打算给远在昆明的家人发个短信报平安，无意间打开了GPS卫星定位系统，惊奇地发现即将抵达的加奥古城也是一个穿越了0° 经线的城市。我们踏上非洲大陆的第一站是有着世界中心之称的加纳首都阿克拉，如今又一次回到了0° 经线上，不同的是从北纬4° 前行到了北纬16° 。

近一个月的仆仆风尘和2 000多公里的艰苦旅程只不过是一场从0° 到0° 的轮回，就如同生命是一场由虚无中来、到虚无中去的轮回。但不同的人会有不同的人生轨迹，对梦想的追求让我登上了七大洲的最高峰，到达了南极点和北极点，现在又让我来到了撒哈拉。从阿克拉到加奥，见到了让我触目惊心的贫穷和落后，也体会到了人们的淳朴和热情，看到了这片土地所焕发的勃勃生机。

为生存而战

前两天的行驶途中，皮纳斯的引擎几次熄火，船老大也不知道是什么原因，一路磕磕绊绊地总算到了加奥。一大早，向导就来招呼我们起床，引擎已经连夜修好，又要继续赶路了。扛着行李来到河边，发现船离我们还有一段距离，向导连忙解释，因为修好的引擎要试用，所以船工们早早地就已经把船开到尼日尔河上溜了一圈啦！只不过岸边水浅，船要是再靠过来的话一会还得抬出去，所以船老大干脆把船停到了河中，让我们涉水过去。

尼日尔河的水我们是不敢直接饮用的，每天喝的茶也是用纯净水煮的，经常看见沿岸的居民用手捧着河水直接喝，我和费宣却始终没

1.过河。
2.等待回家的少年。
3.当地居民从小就喝尼日尔河水。

那个勇气。当地人自小便喝这河里的水，身体早已经适应了，而我们的肠胃习惯了城市中清洁的自来水和纯净水，要适应纯天然的河水还是有些困难的。看着他们喝水时我会感到内疚，在这些极度贫困的人们面前，独自喝清洁的纯净水仿佛也是一种罪过。

有些村庄并没有建在河边，于是每天都会有不同的人骑着骆驼或是毛驴到河边来驮水。装水的工具花式多样，有的赶着骆驼，结结实实地驮一桶回去供全家人使用一天，小一点的孩子就用1.5升或是2升的矿泉水瓶一瓶一瓶地背。我们用完的矿泉水瓶也成了抢手货，每天都有一堆小孩围着讨要。有一次我还看见一个纯天然的羊皮水袋，俨然就是一整只羊的样子，生态环保得很。

这是一个多么优秀的民族，从远古至今一直在沙漠里坚强地生存，他们的战斗技能和手工艺技巧足以让世界瞩目。没有人天生就是强盗，图阿雷格人不过是为自己的生存而战斗。

一个骑着毛驴来驮水的小男孩给我留下了很深的印象，他拿着一根木棍驱赶着胯下的毛驴，绿色的水桶横放在身前，背脊挺得笔直，仿若君王骑着矫健的神驹，颐指着身后的千军万马。在他身后，灰蒙蒙的天空中，狂风卷着漫天的黄沙，撒哈拉的天空密布着飞扬的尘土，带着一种千年沧桑后的逼人冷艳。看着那些驮着水慢慢离去的背影渐渐融入这一抹冷艳，仿佛看到了贯穿天地的寂寥与苍凉。

加奥城规划得很整齐，集市上的人很多，放眼看过去，建筑都比较低矮。房屋的窗户都很小，墙壁很厚，能够有效地隔绝阳光和热浪。白天一般不开窗户，等到晚上天气转凉以后才打开窗户为房间透透气。在撒哈拉人们最不缺少的就是阳光，因此建筑上的窗户都很小，也没有玻璃窗，见得最多的是那种古色古香的向上抬起后用一根小棍子撑住的窗户。这是一种引人遐想的窗户，西门庆在这样的窗户下看到了终结他浪荡一生的那个女子，潘金莲透过这样的窗户看到了打破一生藩篱的决心和勇气。不知道加奥的男人女人在这样的窗户下曾上演过怎样的悲欢离合，厚厚的土墙上小小的窗户紧紧地闭合着，锁住一室的幽暗和一点清凉。

接近尼日尔以后，周围的气氛越来越紧张，但是向导和船工们安之若素的样子也让我放心不少。出发前常听人说图阿雷格人[1]经常抢劫外国游客，但目前见过的图阿雷格人给我的感觉还是比较友善的，虽然看上去都比较彪悍，但只要获得了他们的信任，同样能感

[1] 图阿雷格人：撒哈拉地区的游牧民族，柏柏尔族的支系，属欧罗巴人种，放牧羊、牛和骆驼。——编者注

受到他们的淳朴和热情。在马里，各民族间的分工也是不同的。向导告诉我，图阿雷格人和富拉尼人主要是以游牧部落为主，桑海人则多以在尼日尔河上行船为生，例如我们的厨师和船夫都是清一色的桑海人，颇尔族则主要以捕鱼为生。没有人去刻意地规定什么民族做什么，这完全是一种千百年来约定俗成的默契，是马里各个民族在漫长岁月中形成的一种契约，他们认为这是神灵赋予的权利。

1.2.3.4.香料市场。

但是近年来，因为环境的恶化，适合放牧的草场面积大幅缩减，图阿雷格人的生存空间受到了前所未有的威胁，这个高傲的民族开始用自己的方式反击和寻求生存。但是，只要你了解了他们，就会知道这是一个多么优秀的民族，他们从远古至今一直在沙漠里坚强地生存，他们的战斗技能和手工艺技巧足以让世界为之瞩目。没有人天生就是强盗，图阿雷格人只不过是在为自己的生存而战斗。

修理引擎耽误了一天的时间，为了赶回时间，船老大和向导决定每天多走一段路，这样也给了我更多的时间去感受这个充满了母性和神秘的天地。每天黄昏的时候，我都喜欢坐在船顶为四周的风景拍照。傍晚的空气显得特别温柔，耀眼的阳光渐渐消退，变成一种温情的旖旎，仿佛一个女子在天地间渐行渐远，却又不断回头张望时的那种恋恋不舍。

 再见，兄弟

离开加奥，继续向昂松戈出发。昂松戈是桑海人最早的居住地之一，是马里通往尼日尔的重要城市，也是昂松戈省的行政首府，相当于中国的一个省会城市，但看上去却和我们的乡村小镇没有太大的区别。

上了岸，还是老规矩，向导赛库第一时间到当地的警察局报告我们的情况。警察局很小，就只有三个人在一间小小的屋子里办公，我很想为他们拍摄一张照片，但是被拒绝了。反倒是镇上的居民对我们

表现出了极大的热情，几乎所有孩子都跟随在我们身后从街头一直走到街尾。孩子们关心的是自己有没有被拍下来，看数码相机中的照片是他们最开心的事情。就连河边洗澡洗衣的妇女也不躲闪镜头，大方地让我拍了个够。

潺潺的尼日尔河是唯一可以让人觉得凉爽的地方，居民们都喜欢到河边消暑，洗澡的洗澡，洗衣服的洗衣服。有几个小孩甚至把家里的羊也拖过来洗澡，可小羊们看上去并不喜欢这样的消暑方式，不停地挣扎叫唤。

赛嘎要去集市上买肉做午饭，我和费宣也跟着去了。我发现马里卖肉的摊贩多是男人，而卖鱼的则基本是女人，哪个摊子前面围的人最多，就说明这个摊主最帅或者最漂亮。我们远远地就看见一个摊位前面围着好多妇女，估计摊主应该是昂松戈镇最帅的男人。赛嘎上去和摊主讨价还价，我和费宣就在附近溜达。

一家小铺子引起了我们的注意。店面很小，门前摆着一张桌子，上面摆放着许多葡萄酒瓶子。瓶子里装的显然不是酒，倒有点像汽油，问过店主后才知道，这里就是昂松戈唯一的加油站，店里的汽油都是按瓶卖的。我不由得在心里嘀咕：这么小瓶的汽油不知道要多少瓶才能加满一辆车哦？原来这个加油站是专门针对摩托车的，马里的许多地方都很流行摩托车，拥有一辆摩托车对当地人来说是经济实力的一种象征。过去日本产的摩托非常流行，近年来中国制造的摩托车已经逐步成为当地人的新宠。

就在加油站旁边有一个维修摩托车的小铺子，生意看上去还不错，两位美女骑着刚修好的摩托车正要离开，我赶紧拿起相机抓拍了一张。修理摊的老板看上去年纪不大，正在专心修理一个变速箱。我

1.最受欢迎的肉铺。
2.汽油论瓶卖。

1.享用大餐。

习惯性地抬起相机也为他拍了一张照片，快门闪动的声音惊动了他，他突然愤怒起来，拦着不让我们走，说是我为他拍了照，他会安装不上拆散的齿轮。正不知道如何是好，赛嘎已经回到船上做好了午饭，让穆斯塔法来叫我们回去吃饭。穆斯塔法一看这个阵势，眼睛一瞪，拉着我们转身就走，一句话都没有说。修车的小贩估计是被他的气势给震慑住了，只能眼看着我们离开，也没敢再拦。还好穆斯塔法来得及时，不然就麻烦了，看来以后拍照还须多加注意为妙。

吃过饭，向导赛库告诉我们，船不能再往前了。今年太旱，尼日尔河的水量已经不允许我们继续乘船前行，只能在这里改乘汽车，汽车会在明天来接我们。因为沿途都没有酒店，我们仍然只能在路边露营，赛库和赛嘎会继续陪伴我们前往尼日尔，而雇用的三位船夫胡赛迪、巴马和穆斯塔法则会沿原路返回塞古。

就要和相伴半个多月的伙伴们分别了，心里难免有些伤感。半个多月的行程中我们相互扶持、互相了解，早已亲如兄弟，他们的淳朴、真诚，还有那纯净的笑容都已经深深地铭刻在我的心里。虽然早知道会有分别的一天，但没有想到这一天来得如此之快。

离别的感伤弥漫在皮纳斯上，心里感觉空落落的。我看着这三个可爱的小伙子，突然想为这个特殊的家庭拍张照片，带回中国，告诉我的家人和我的朋友们：这就是我在非洲的兄弟！

我和费宣整理了一下各自的行李，希望能找出一些礼物来送给他们。从国内出发时对非洲不了解，我们都带了许多用不上的东西，尤其是大量的衣服，真正到了这里才知道，在撒哈拉只要有一块布和一双凉鞋就足够了。我们决定把这些东西都送给他们，这些物品对我们以后的行程没有什么作用，对他们而言则是实实在在的帮助。这不是施舍也不是怜悯，在我的心里早已当他们是我的兄弟，我只是尽我的能力给他们一些最实际的帮助。

费宣考虑了半天，还是把他那个心爱的小型望远镜拿了出来。这是一个小型15倍虹膜望远镜，很精致，在船上的日子里费宣总是爱用这个望远镜观察远处的风景，还着实让我羡慕了一把，后悔自己怎么没带一个。年轻的胡赛迪对这个望远镜特别感兴趣，老爱跟费宣借去摆弄，现在要分别了，费宣决定把这个望远镜作为礼物送给他。

收下我们的礼物后，他们显得有些不好意思，胡赛迪拉着费宣的手感动得不知道说什么好，他说这会是他带给孩子最好的礼物。胡赛迪会在半路上回一趟他母亲家，这时我们才知道，原来胡赛迪的母亲就住在尼日尔河边的一个小村子里，孩子们也在那里度假，路过那个小村子的时候，因为要赶路，胡赛迪没有回去看他们。

1.非洲兄弟。
2.非洲淘金者。

离别的感伤弥漫在小小的皮纳斯上，心里感觉有些空落落的。我反复看着这三个可爱的小伙子，想把他们的神态牢记在心里。突然我想应该为这个特殊的家庭拍一张照片，把他们的影像永远保留下来，带回中国，告诉我的家人和我的朋友们：这就是我在非洲的兄弟！

金色的河岸边，我的兄弟们紧紧地靠在一起，让我为他们拍照。英俊的胡赛迪单手叉腰，抬头挺胸，看上去帅气极了，可惜忘记把裤腿放下来了；外表粗犷内心腼腆的穆斯塔法好像被阳光晃了眼睛，眯着眼有些茫然；向导赛库带着标志性的帽子一脸严肃；老顽童赛嘎还是一副调皮的样子，脚踏着船头，手搭在巴马的腿上一脸坏笑；酷酷的巴马站在船头，手撑着竹竿，气势威武。从镜头里看着他们的样子，突然觉得眼眶有些发热，我屏住呼吸，轻轻地按下快门，永远地留下了他们的影像。

看着数码相机里的照片，我在心里轻轻地说："再见！兄弟，祝我们都一路平安。"

遍地黄金

送走了可爱的非洲兄弟，我们也准备上路。越野车的速度比乘船要快许多，但是一路上的风景也少了许多，没有那种风行水上、心游千里的惬意和悠闲，也看不到当地居民的生活场景了。不过对费宣而言，乘车似乎是一个更好的选择，他又可以进行地质考察了。

费宣对岩石的热爱只能用狂热来形容，一路上也收获颇丰。在前往加纳著名的热带雨林公园——卡昆国家公园的路上，他曾发现高品位的云母矿。后来在布基纳法索，他又找到了一个大型铝土矿。此

1.费宣淘金。

外，费宣还详细记录了当地地质状况的变化，从数据中可以明显看出撒哈拉地区地质运动的痕迹。在水上的这些天不能进行地质考察，估计是憋坏了他。再次坐上车的费宣如鱼得水，眼睛总盯着车外，一旦发现有值得观察的岩石就会大喊停车，然后拎着地质三件宝直奔他的宝贝岩石而去，弄得我们一路走走停停，速度比起坐船只慢不快。

我们的行车线路大部分都不在尼日尔河边，没有了河水的滋润，沿途植被渐渐稀少起来，眼前的景色和印象中的撒哈拉越来越像了。看着一脸惋惜的费宣，我哈哈一笑："听说撒哈拉地区有不少金矿呢，要是咱们能发现一个，那就发财啦！"财迷的样子逗得费宣大笑起来。

傍晚扎营后，我和费宣又开始在附近转悠。和平常一样，我一边欣赏美景一边帮费宣搜寻岩石标本，费宣则在不远处分析着采集来的各种标本。我捡到一块奇怪的岩石，风化的力量让它呈现出一种怪异的美感，于是想拿过去给费宣看，让他分析分析，说不定还是一种珍贵的矿石呢！

转过头却发现费宣不见了，我吓了一跳。费宣研究石头时常常会入迷，沿着岩石的走向不知不觉就走了很远，所以我的一个重要任务就是看好他，免得他在沙漠中迷了路。

“老费？老费？”我大声呼喊着，一边四处张望。

“在这里。飞豹，你过来一下。”费宣在一块大石头后面现了身，我答应着走过去，费宣一把抓住我的手把我拖着向一个方向走去。

“怎么了？”我有些惊异，因为我感觉到费宣的手在微微发抖。

“飞豹，还记得我以前跟你说过我在澳大利亚发现金矿的事吗？”

“记得呀！”我隐约意识到费宣一定有了重大的发现。

“就在这里，飞豹，就在你的脚下，沉睡着一个巨大的金矿，它的价值很有可能超过我在澳大利亚发现的那个，这真是我们此行最大的收获啊！”费宣激动得有些语无伦次了。

“真的？”惊讶的我差点把手中的石头丢掉，没想到我当初的一句戏言竟然成真了！

“能确定吗？”我的声音不由自主地低了下来。这是一个极其重大的发现，但如果不小心也会为我们带来祸端。

“能确定，错不了！”费宣的语气充满了自信，一边说一边掏出笔记本记录这里的坐标位置：北纬22°38'2.14"、东经5°57'4.26"。

“那怎么办？”我又是激动又是紧张，脚底甚至感觉有些发痒，

飞豹视点

经初步鉴定，费宣发现的这处金矿含金量较大，通常含金量达到3克/吨的金矿便可以开采，而此处的金矿含金量高达8克/吨，而且离地表较近，易于开采。然而由于当地资金缺乏，设备技术落后等原因，这些宝藏始终无人问津。

要知道我脚下踩着一个价值连城的宝藏啊！

“先别声张，这是非常有价值的发现，这里的财富足以让人疯狂了。”费宣停了一下说。

费宣的想法与我不谋而合。众所周知，撒哈拉地下埋藏着巨大的财富，可谁也不知道这些财富究竟在哪里，撒哈拉恶劣的自然环境阻碍了人类的步伐。许多外国企业和组织花费了巨额的勘探费用却一无所获，而当地人对自己家园中蕴含宝藏的认知度更是低得叫人吃惊。目前该地区到处游荡着幽灵般的非政府武装，如果他们知道我们在这一地区发现了金矿，到时候不但我和费宣的人身安全失去保障，这一地区也难免因为争夺金矿而再起风波，为当地人带来灾难。所以此刻最好的办法就是不动声色！

达成共识后，我和费宣记录好金矿的位置，神色如常地回到宿营地。不过惊喜还远远不止如此。短短几天过后，费宣又发现了另一个品质极好的金矿露头，刚开始连费宣自己都觉得有些不可思议，反复验证了好几次才确定自己真的又发现了一座金矿。

“什么叫遍地黄金？这就叫遍地黄金啊！”我深深地吸了一口气，心中无比感慨。

中国制造

非洲和中国从来都是一对患难与共的兄弟。新中国成立初期，欧美国家不承认新中国的合法地位，处处进行封锁和压制，是非洲兄弟率先伸出了友谊之手。我仍然记得中国恢复在联合国的合法地位时那位起舞欢呼的黑人兄弟，虽然不知道他是哪一个国家的领导人，但那画面曾经让我在很长的一段时间内看见黑人就觉得亲切。数十年后的今天，中国和非洲国家的友谊进入了一个新的阶段，从最初的人道主义援助到现在的商业合作，非洲大陆上处处可见中国商人的身影，由中国负责施工建设的项目更是数不胜数。

当然，对于更多的中国商人而言，非洲让他们看到的是巨大的商

1.尼亚美的中国商人张国定。

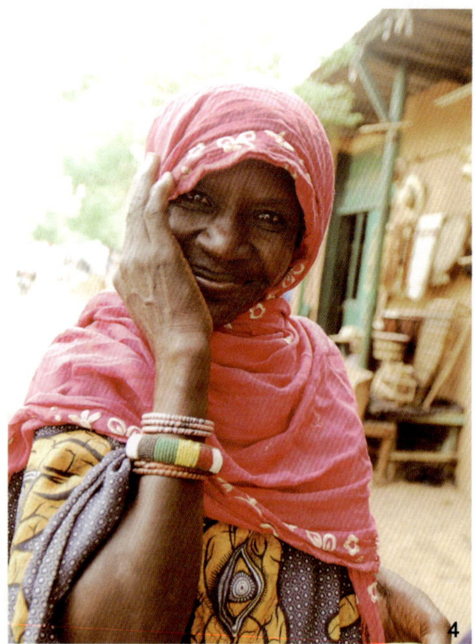

1.我爱中国货。 2.手工编织。 3.典型的非洲木鼓。 4.手工艺人。

机。一位在尼日尔首都尼亚美做皮鞋生意的朋友张国定通过网络和我们取得了联系，他说他一直都在关注我们的活动，希望我们到尼亚美之后可以见上一面。

国定兄是浙江台州人，几年前还在国内做生意，但是国内竞争非常激烈，生意做得举步维艰。偶然的机会，他来到了尼日尔，和几个朋友合伙在尼亚美开了个皮鞋批发店。这里的竞争远没有国内那么激烈，短短几年他们便成为尼亚美数一数二的鞋类批发商。

国定兄的批发店开在尼亚美市中心，鞋子堆放在店里，任由顾客挑选，有点像超级市场的感觉。我们一边吹着电扇一边聊天，不到半小时就来了十多拨小贩，国定兄忙得团团转，生意甚是红火！与其说是挑选，不如说是刨货。来批发鞋子的小贩一进店门就直冲鞋堆奔去，各显神通地挑拣一番后拎着相中的鞋子就去交款，也不问价格，熟练地摸出一沓钱放下就走。

看他生意这么好，我不禁问："这里的鞋子这么好卖呀？他们拿那么多货要是卖不完你给不给退啊？"

"哪用退啊！他们几天就来一次，生意好着呢！"国定兄告诉我们，这些鞋都是浙江台州的乡镇企业生产的，有凉鞋、皮鞋，还有球鞋。每双鞋的批发价都不高，折合成人民币也就二三十块钱，很便宜，质量也不错，所以当地人都非常喜欢中国制造的鞋子。

> 看着意气风发的国定兄，我很是为他感到高兴。一个年轻小伙子孤身一人在异国他乡打拼，创下这一番事业，想来其中必定有许多的艰辛和苦楚只有他自己知道。

看着意气风发的国定兄，我很是为他感到

高兴。一个年轻的小伙子孤身一人在异国他乡打拼，创下这一番事业，想来其中必定有许多的艰辛和苦楚只有他自己知道。

我们在国定兄店里时，正好有一个穆斯林朋友过来找他，叫阿匝里，在中国学了4 年中文，对中国非常熟悉。国定兄开玩笑地问他：“中国好不好？”

“不好！”阿匝里翘着嘴唇，也逗国定兄玩。

“不好你还能拿到那么高的工资，还能娶到两个老婆？”

“哼！有钱的都娶四个老婆，没钱的才娶两个！”

我们哈哈大笑。

飞豹视点

穆斯林的一夫四妻制度起源于穆罕默德时代。在一次战役中，遇难的六十五名穆斯林个个都有妻儿。于是真主降示穆罕默德：“你们可以与你们选择的妇女结婚，娶两个、三个或四个。倘若你们不能公平对待她们，那么就只能娶一个……”

也就是说，当地的一夫多妻制并非是为了让男性更享受，而是鼓励男人迎娶寡妇。赡养遗孤，其实是一种最早的妇女儿童保障制度。男子唯有承诺公平对待妻子，并征得现有妻子同意，才能迎娶其他女子。而且，丈夫和每位妻子相处的时间必须完全一样，在财务和法律上必须公平对待，不得对任何一位妻子有一丝偏心。

择路而逃

在尼日尔和阿尔及利亚交界处，我们第一次意识到前面的路途有多么困难。据当时中国驻尼日尔大使馆的陈公来大使说，从尼日尔驾车进入阿尔及利亚是相当危险的。他上个月刚走过，一路上都是尼日尔总统的护卫队保护着过来的。尼阿两国交界处，反政府武装伊斯兰圣战组织的活动极为频繁猖狂，绑架杀人不在话下。尼日尔的长途客车过去都得有军队一路护送，否则有去无回。陈大使说去年有一位中国石油公司的工作人员被绑架，他出面和绑匪交涉，9天后才安全地将这位工作人员解救出来。他建议我们换种方法，不要去冒险，贸然前往的话只可能是一种结局——被绑架。

原本要离开的向导赛库暂时留了下来，还招呼已经在回家路上的厨师赛嘎回来一起帮我们想办法，不停地联系他们所能想到的可能对我们有所帮助的朋友，希望能帮我们找到一条安全的路线。可是一天下来没有任何的结果，所有的回答都是一样的，现在的安全形势非常严峻，如果没有军队的保护，外国游客最好不要通过那片区域。

我们不可能要求尼日尔的军队保护，那么我们应该如何穿越伊斯兰圣战组织的势力范围前往阿尔及利亚呢？一夜之间，赛库眉头上的皱纹似乎深了许多，他联络了几乎所有尼日尔境内的探险公司，没有一家公司敢承诺能够安全地把我们送出边境。我和费宣也一筹莫展，不知该怎么办，难道我们的探险要止步于此吗？

> 一想到以后再也听不到“百科全书”赛库的妙语连珠，也尝不到老小孩赛嘎高超的厨艺了，心仿佛是泡在酸醋里。一次次地和他们拥抱，感谢他们的照顾和帮助，最后还是赛嘎用他温暖而粗大的手掌把我和费宣推进了安检口。

想了很久以后，赛库终于提出一个方案，让我和费宣乘坐飞机前往阿尔及利亚首都阿尔及尔，他会联络一个朋友担任我们的向导。抵达阿尔及尔以后，再想办法到边境城市塔曼拉塞特和预定的驼队会合，这样我们的探险行程就可以按照原定计划继续走下去。

听了赛库的方案，我和费宣都觉得可行，于是就到尼亚美的一家航空公司购买到阿尔及尔的机票。卖票的仁兄是个高大的黑人，却留了典型的日本仁丹胡，那效果实在是让人无法形容。当我们告诉他需要购买两张去阿尔及尔的机票时，他爽快地为我们开出了机票，让我们惊讶的是这里居然还用手填写机票。

正当我们觉得一切又开始顺利时，赛库却发现我们的机票被那位老兄填写错了，早已习惯了电子客票的我们哪里想到还会发生这种事情。无奈之下又和赛库一起去更改机票，那位小胡子仁兄服务态度倒是蛮好，马上向我们道歉并表示会为我们更改机票，但是新的机票需要两小时以后才能拿到。可是当我们等待了两小时以后却发现新机票居然还是错的……

不知道是不是因为中国的方块字对工作人员来说辨认难度太大，机票总共开错了五次，酷热的天气下，改机票的工作人员写得一头一脸的汗，我们也看得一头的汗水。

因为机票的事情，耽误了大半天，回到酒店匆匆收拾了行李，因为担心登机时又出问题，我们早早地来到机场办手续。赛库把阿尔及尔向导的名字和联系方式写在一张纸条上，嘱咐我一定要收好。赛嘎和费宣久久地握着手不愿放开。一想到以后再也听不到“百科全书”赛库的妙语连珠，也尝不到老小孩赛嘎高超的厨艺了，心仿佛是泡在酸醋里。一次次地和他们拥抱，感谢他们的照顾和帮助，最后还是赛嘎用他温暖而粗大的手掌把我和费宣推进了安检口。

 我们还活着

几天以后，当我们从阿尔及尔到达塔曼拉塞特时，骆驼队已经等在那里了。这个骆驼队由6头骆驼和3个图阿雷格人组成，其中4头骆驼背负物资和行李，另外两头装了座鞍，用来载我和费宣。向导哈宾是个老头，沧桑的面容包裹在层层的头巾下面，只露出一双鹰眼。他的话不多，偶尔扫过来的眼神如同一条鞭子，总能让人忍不住打个寒战，逼人的气势仿佛在高调地表明：我可是个厉害角色。

骆驼不用说也看得出来全部是哈宾老头的私人财产，宝贝得跟自己的孙子一样。哈宾的儿子塞尼负责在行程中照料骆驼。21岁的塞尼，看上去很精干，英俊的脸上总是带着笑容，很招人喜欢。厨师康尼负责照料我们在沙漠中的饮食，他是典型的图阿雷格帅哥，高大、强壮，笑的时候帅气的小胡子下面会露出一排整齐雪白的牙齿。

然而双方一沟通，我们就傻了眼：三个图阿雷格人里面只有塞尼上过八年学，能说一些简单的英语，而且基本是一些单词和词组。我们要一起去挑战世界上最危险的沙漠，却连最基本的语言交流也无法实现，这可怎么办？我和费宣商量要不要再找一个英语翻译，但是时间和物资情况都不允许再去寻找翻译。

1.阿尔及利亚沙漠。
2.牵着骆驼的塞尼。

考虑半天，我和费宣也都豁出去了，这么多年的探险生涯大部分都是在国外完成的，其实很多时候，身体语言常常是非常有效的沟通方式。人与人之间，只要相互信任，哪怕一个手势一个眼神也足以完成心灵的沟通。于是我和费宣决定信赖厉害的哈宾老头。

进入与世隔绝的沙漠腹地，沿着霍加尔山脉一路前行至阿尔及利亚和利比亚的边境。第一天我和费宣都感觉状态不错，不由得对之后的路程有了更大的信心。

谁知第二天就出了岔子。我和费宣是可以骑骆驼的，但是骑骆驼绝对不是你想象的那样浪漫和舒适。因为重心较高，骆驼坐起来没有马那么稳，也不能像骑马那样用脚踩住马镫来保持平衡。而且撒哈拉的骆驼都是单峰骆驼，无法利用驼峰来保持平衡，只能脱掉鞋子，用脚蹬住骆驼的脖子，靠腰和腿来保持平衡。这样坐不了一会儿就腰酸背疼，比走路还要辛苦。

因此大部分时间我和费宣都是牵着骆驼在走路，看到感兴趣的东西就凑上去拍摄，沙漠里的一切在我眼里都有它的美丽之处。随着镜头中景物的转换，我们也越走越远，渐渐偏离了行进的路线。

2

3

1.驼队。
2.肩负重担。
3.午间小憩。

飞豹视点

骆驼刺是分布在内陆干旱地区的一种落叶灌木，从沙漠和戈壁深处汲取地下水分和营养生长而成，因长有坚硬的刺状小绿叶而得名。

看我们越走越远，塞尼大声招呼我们回来，但是我们俩被前面的一块岩石所吸引，没听清他的喊声。

此时已经临近正午，哈宾和康尼已经到前面去寻找扎营的地方了，只有塞尼跟着速度奇慢的我们东游西荡。见我们越走越远，塞尼跑过来追，骆驼却不合作，他只能让它们留在原地。等他找到我们再回头一看，骆驼已经自顾自地往前走了。我和费宣都吓了一大跳：骆驼带着我们的装备和物资呢！走丢了怎么办？塞尼却一副无所谓的样子，一点也不担心，比划着告诉我们说骆驼会在前面等我们。看着塞尼气定神闲的样子，再想到中国那句“老马识途”的老话，我们也就放心了。往前走了一会，只见哈宾和康尼已经在一棵巨大的骆驼刺的阴影下扎好了营，阿拉伯毯子铺在沙地上，冲好的薄荷茶就摆在旁边。我四下看了一下，那两头走失的骆驼仍然不见踪影，这下我可真急了。

出发时我们携带了许多高科技设备，因为非洲大部分地区的互

联网建设都不完善。我们在途经大城市的时候可以使用当地的互联网络，但当我们进入撒哈拉腹地之后，这些设备就会成为我们的眼睛和耳朵，我们将通过它们来和外界联系。

走失的两头骆驼里有一头身上背负着我们的卫星电话和卫星传输设备，要是找不到就会和外界失去联系，万一出了什么危险，连求救都没办法。我和哈宾老头连比带划地说了老半天，也不知道他有没有明白我的意思，塞尼在一边不停地安慰我，说骆驼一定会在前面等着我们，东西一定不会弄丢的。虽然心急如焚，但是我也知道不可能要求他们在正午最热的时候去找寻骆驼，那样是非常危险的，只能祈祷走失的骆驼真的在前方等着我们。

1.喝水喽。
2.骄傲的骆驼。

但是我失望了，整整三天过去了，我们始终没有找到丢失的骆驼。每天塞尼都会骑着骆驼在我们前进的路线附近搜寻，但始终只有他一个人回来。

时间一天一天地过去，我的心里也越来越焦急，这么长时间没有和国内的联络中心联系，想必他们也是焦急得不得了。霍加尔山区是一个很危险的地区，虽然我们已经提前做了很多预防的准备，例如挑选了相对安全的路线和聘请了厉害的哈宾老头，尽量时刻包裹头巾，不露显眼的东方面孔等等，但是和外界失去联络仍然让我们感觉自己就像和父母走散了的小孩，孤单而恐惧。小小的卫星电话也许在真的面对匪徒时起不了任何的作用，但带给我们的心理安

> 和外界失去联络让我们感觉自己就像一个和父母走散了的小孩，孤单而恐惧。小小的卫星电话也许在真的面对匪徒时起不了任何作用，但它带给我们的心理安慰却是不可或缺的。

慰却是不可或缺的。

我们的行动比起前两天来说安分了很多，尽量和向导们待在一起。头巾基本是每天都包着的，至于长袍，我试了一次，感觉行走起来确实不方便，于是放弃了。

直到第四天傍晚，远远地看到塞尼牵着走失的骆驼向我们走过来，我甚至不敢相信自己的眼睛。塞尼果然没有骗人，骆驼真的在前面等着我们。我冲过去一看，所有的物资和装备都还在，忍不住欢呼起来。这么多天没有和后方联系，联络中心估计已经乱成一团了。看了看时间，已经是昆明的凌晨，于是我翻出卫星电话拨通了妻子的手机，还是先给家里报个平安吧！

电话很快接通了，妻子几乎是在吼叫："你在哪？你们还好吗？"

这么多天没有我们的消息，想必是吓坏了她，我只能一叠声地回答："好的，好的，我们一切都好。"妻子带着哭腔告诉我：大家都以为我们被绑架了。我吓了一跳，这可严重了，我赶紧让她马上通知大家我们平安无事，正按原计划穿越霍加尔山区。

事后才知道，因为联系不上我们，国内的朋友都以为我们失踪了，甚至猜测我们遭到了绑架，还向国内媒体发布了我们失踪的消息，甚至惊动了中国驻阿尔及尔大使馆。听到这样的消息，我既愧疚又感动，愧疚的是让大家这样为我们担心，在愧疚之外，我和费宣更体会到了巨大的幸福和温暖。我们知道，在茫茫的戈壁沙漠上，我们并不孤单。

1.挣扎的生命。
2.尼日尔河上的船夫。
3.通布图酷老。
4.帮妈妈干活。

2

3

4

沙漠传奇

我们都是图阿雷格人

在我的印象里，信仰伊斯兰教的妇女都有蒙面纱的习俗，可是自从来到非洲，这一想法就被彻底改变了。撒哈拉沙漠以及萨赫勒地区[1]有一支信仰伊斯兰教的游牧民族——图阿雷格人，在他们的世界里，蒙面纱的不是妇女，而是男人。

相传在很久很久以前，图阿雷格族的女人也有蒙面纱的习俗。有一次，图阿雷格族的男人战败归来，一个个垂头丧气。他们的女人见了之后又羞又怒，将自己脸上的面纱扯下来，扔给男人，对他们说："打了败仗还有脸回来见我们，从今以后你们把脸遮起来吧！"男人们羞愧地拾起面纱缠在了自己的头上。就这样，图阿雷格族男人蒙面纱的习俗一直延续到了今天。当然这只是个传说，真正的原因现在已无从考证了。不过至今仍然保留着一些关于面纱的禁忌，比如说绝不能揭起图阿雷格男人的面纱，面纱被揭起对图阿雷格男人来说是一种羞耻，对揭面纱的人来说则意味着会招来杀身之祸。

[1] 萨赫勒地区：指横贯非洲大陆的一条狭长地带，西起毛里塔尼亚，东至埃塞俄比亚。——编者注

飞豹视点

在沙漠中摊大饼是个技术活，首先得用炭火把沙子烤一遍，再把炭火铺平，紧接着把搅拌好的麦面摊平在炭火上。为了防止沙子落在饼上，可以用细草枝在饼上烧一遍，加速大饼表面硬化。最后盖上炭火，烘烤大约一小时。等时间一到，扒开炭火拿出大饼，打一盆清水来，边洗边用手擦大饼，把附着在表面的沙土擦掉，就可以吃了。整个制作过程简单易操作，完全不需要锅灶这些东西。

和骆驼队的三个图阿雷格人相处了这么多天，我越发喜欢上了他们，甚至也喜欢上了蒙面纱。我跟费宣说，这面纱可真是好东西啊，防风沙、防阳光还防土匪。费宣一听也来兴趣了，蒙上面纱就再也不愿意取下来。风沙和阳光是防住了，防土匪我看还是难了点，就算是给我两把AK—47估计也防不了。塞尼一看到我们裹得严严实实的就会忍不住嘀咕："你们是图阿雷格人，"我和费宣都一致认为他这是在夸我们。

哈宾老爹只有56岁，但是那张饱经风霜的脸成功地骗了我和费宣，我们都觉得他一定有60多岁快70了，塞尼也告诉我们说他爹今年63岁。有一次休息的时候我试着和哈宾老爹比划着交流，我在沙地上用树枝写了个63，然后指了指他，没想到哈宾老爹立马把沙抹平，写了个56。塞尼这小子真是傻得可爱，居然连自己老爸的岁数

1.图阿雷格人在沙漠找水可是一流的。

都弄错了。不过这又有什么关系呢，有时候忘记时间的存在不也是一种幸福吗？

哈宾老爹做向导很多年了，可以说是真正久经沙场，沙漠里哪里有水他都找得到。每次他指定宿营地点的时候，我们就知道附近一定有水源。才搭完帐篷，就见哈宾老爹拿着一个盆向我招了招手，牵着骆驼就往远处走，我马上反应过来他是要去找水源了，于是赶紧叫上费宣拿了相机跟了过去。

我们随着哈宾老爹走到宿营地旁一个干涸河滩的另一边，只见他抡起盆子在沙地上挖了五六下，仅仅挖下去几十厘米就有水汩汩地冒了出来。老爹牵过骆驼来，先让它们喝了个饱，然后用盆子舀水，等水里的沙子沉底后才将表面上干净的水倒进皮囊水袋里。

1.羊羔皮水袋。
2.给骆驼拴脚链。
3.我们的营地。

时间长了，我和费宣都不喝自带的水，而是学着图阿雷格人的样子，拿搪瓷杯倒皮囊里的水喝，又甘甜又清凉。这种皮囊是图阿雷格人居家旅行的必备物品，由整只羊羔皮缝制而成，一次可以装几十升水。在塔曼拉塞特的时候我还见过好多车子上挂着这种皮囊，可想而知这东西是多么受欢迎。

自从上次骆驼走丢之后，我们就再也不敢掉以轻心了，一到宿营休息的时候就只好委屈它们，把脚给捆起来。当然了，并不是捆得它们一动不动，而是像上脚镣那样，走还是可以走的，只不过不能大步流星，只能像穿和服、着木屐的日本妇女那样走小碎步。每次看到骆驼们操着小碎步一扭一扭地去吃草我就于心不忍，可是又没办法，不捆的话说不定又被野骆驼勾引跑了。

和图阿雷格人生活久了，我和费宣也学会了很多东西，比如捆骆驼、捆装备和卸装备等一些简单的事情。每天启程或宿营的时候我们帮着收拾东西，往往都会得到他们的奖励——“你们是图阿雷格人”。一开始，我和费宣看到骆驼身上恶心的扁虱就会起鸡皮疙瘩，现在扁虱爬上餐桌甚至爬在腿上，我们都可以波澜不惊地伸出拇指和食指捏住往火堆里一扔，听见“啪”的一声后继续淡定地吃我们的饭。哈宾、塞尼和康尼一到这时都会笑着说：“你们是图阿雷格人。”这句话我和费宣听到就会觉得高兴，因为在我们心里，图阿雷格人是勇敢与坚强的化身，从那时起我们就会在心里对自己说：“我们都是图阿雷格人。”

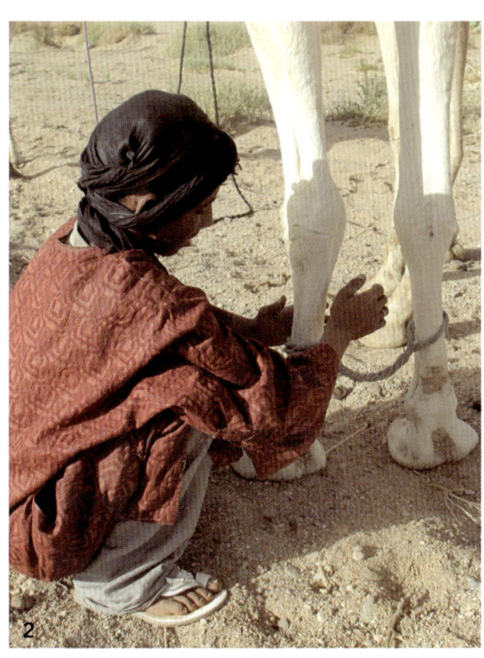
2

3

最美的地质课堂

在霍加尔山区里穿行的过程很辛苦，这里的景色和尼日尔河沿岸完全不同，完全看不到绿色，只有无边无际的枯黄和暗黑的色彩。阳光炽烈得可怕，路也很不好走，到处是砂砾和鱼鳞状的石块，硌得人脚掌生疼。哈宾老爹他们大步流星、气定神闲的样子让我佩服得五体投地，好在这里的独特景色总能让我忘记环境的艰苦。

前进的过程中我们常常见到各种造型独特的地貌形态，一些岩石甚至像雕塑一样精美，让人不得不感叹大自然的鬼斧神工。沙漠中风力疾厉，威力之大往往出乎我们的意料，它能把岩石表面已经风化破裂的碎石和沙粒带走，扩大岩石中的裂纹、裂隙，加快岩石的风化速度。同时，风挟带的碎石、沙子在岩石上部和岩块之间的裂缝、沟槽中磨蚀岩块，使其逐渐被磨削而变形。磨蚀作用还能随着风力大小的变化和风向的转换，不断地变换雕琢手法和力度，使岩石的造型更加瑰丽壮观。

这些岩石有的似人、似兽，有的似柱、似蘑菇，有的似墩、似丘、似城堡，真是千姿百态、惟妙惟肖。各种各样造型奇特的岩石林立在我们前进的路上，以一种沉默而骄傲的姿态矗立在大地之上，随着时间的流动显示出一种绝美的律动，让人不禁为之沉醉。

> 数万年里，撒哈拉经历了沧海桑田的变换。后人通过这些岩石触摸历史，读取那些遗失在时空缝隙中的零散片段，用昨日的记忆为今日的撒哈拉提供注解，为明日的撒哈拉带来希望。

不过最喜欢这里的还是费宣，在霍加尔山脉穿行的这些天应该算是他进入非洲以来最快乐的日子。自从进入山区，费宣的状态好得吓

1.费宣四处寻找有价值的岩石样本。
2.穿越霍加尔山区。

人，刚过完60岁生日的他是队伍里最年长的，但是精力却旺盛得让最年轻的塞尼也自叹不如。

费宣的地质锤和我的照相机是我们在行走过程中最重要的宝贝，最常见的情形是费宣拿着地质锤分析岩石的构成，我抱着照相机在一旁边看边学。霍加尔山区丰富的地质构成和独特的地貌特征足以让任何一个热爱地质的人陷入疯狂，当然也是像我这样的新手学习地质知识的最佳时机。

费宣告诉我，撒哈拉地区在成为世界上最大的沙漠之前，曾历经几次明显的干燥期和湿润期的交替变化。大约在距今4万年至2万年的时期里，撒哈拉地区植物茂盛，河流纵横，湖泊成群，洪水经常泛滥。但随着降水量的减少，地面蒸发量增大，在距今2万年至1

1.霍加尔山区随处可见动物的骨骸。
2.难得一见的植物。

万年左右的时候，气候开始变得干燥，植物越来越少，越来越多的河流断水成为干河谷，湖泊面积缩小甚至干涸或者咸化为咸水湖，于是风沙频繁，沙漠范围大大扩展。在一段时间的干燥期以后，这里的气候又趋向湿润。至公元前3500年前后，撒哈拉地区已变为高温潮湿气候，雨量丰沛，草木繁茂，湖河充盈，水域面积达到最大。

但从公元前3500年以后，撒哈拉地区的气候又趋向干燥，茂盛的森林逐渐退化为草原，成为黄牛、绵羊、羚羊、长颈鹿等动物的乐园，河马、水牛等动物开始绝迹，捕渔业也不复存在。公元前2000年以后，气候干燥程度加剧，导致河流断流，湖泊变小、干涸或消失，植被枯萎退化，撒哈拉地区逐渐变成世界上最大的沙漠。

数万年里，撒哈拉经历了沧海桑田的变换，当一切尘埃落定之

飞豹视点

霍加尔山区不是我们通常所见的那种由细小黄沙构成的沙漠，严格来说，这里应该算作戈壁。“撒哈拉”一词在阿拉伯语中原指广阔的不毛之地，后来引申为大荒漠的含义。按照地表的物质成分，荒漠又有岩漠、砾漠、沙漠和泥漠之分。不过人们通常把这些地方统称为沙漠。

后，只剩下记录了一切的岩石默默诉说着过往的似水流年。后人通过岩石触摸历史，读取那些遗失在时空缝隙中的零散片段，用昨日的记忆为今日的撒哈拉提供注解，为明日的撒哈拉带来希望。

在这个世界上最美丽的地质课堂里，费宣像一个温和的老师耐心地指导我，为我揭示那些隐藏在岩石中的秘密。我想，如果人们能谦卑地去思考人与自然的关系，能充满想象地静观自然的真实内在，我们也许能揭示自然更深层的奥秘。生活在这里的撒哈拉居民，把对自然的理解上升为一种类似于宗教的精神。在他们的观念中，自然的基础既不是人，也不是物质自然形式，自然的本质与基础都存在于混沌的神秘深处。这使得他们敬畏自然、依赖自然，那种虔诚的信仰反而成为了他们沟通天地的另一种途径。

转眼间又到了宿营的时候。撒哈拉的夜空在没有风沙的时候会显得比别的地方更加晴朗而干净，漫天的星星亮得耀眼。别看这里白天热得吓人，到了夜晚却寒意逼人，裹着睡袋还是觉得有些冷。我喜欢躺在睡袋里看星星，熟悉的大熊星座总是那么容易被辨认出来，它旁边的狮子座在今晚显得稍微有些暗淡，而最具浪漫色彩的仙女座要到后半夜才会姗姗到来。从小时候起，星空总是能带给我无尽的遐想，在撒哈拉沙漠之上，我第一万次遥望夜空，回忆着童年的梦想。童年的我有许多的梦想，长大后我正努力将它们一一实现。为此我始终相信，梦想是我人生路上的灯塔，只要还有梦想，我探寻的脚步就永远不会停歇。

骆驼不哭

> 撒哈拉沙漠，在我内心的深处，多年来是我梦里的情人啊！我举目望去，无际的黄沙上有寂寞的大风呜咽地吹过，天，是高的，地是沉厚雄壮而安静的。正是黄昏，落日将沙漠染成鲜血的红色，凄艳恐怖。近乎初冬的气候，在原本期待着炎热烈日的心情下，大地化转为一片诗意的苍凉。荷西静静地等着我，我看了他一眼。他说："你的沙漠，现在你在它怀抱里了。"

在撒哈拉的这些日子，脑海里始终闪动着那个披着长发，有点从容又有点倔强，带着相机纸笔浪迹天涯的女子的身影。三毛一生"流浪"过54个国家，她"流浪"的故事不知道影响了多少人，我就是其中的一个。这次的撒哈拉之行可以说是圆了多年的一个梦。我特意带上了她的书，希望在穿越撒哈拉的途中重读她的故事，真切地体验一次曾经震撼我心灵的撒哈拉大沙漠。

三毛的书里我最喜欢的是《哭泣的骆驼》，这是一个悲壮得让

不管环境多么恶劣，骆驼依然生活得开心自在。面对严酷的自然环境，只要有抗争的精神与友善的心，没有什么是做不到的。这里的骆驼不会哭泣，这里的人也不会放弃！

人心酸的故事。不过这一切悲剧都已定格在了那个特殊的年代，今天的撒哈拉是热情而友善的。和哈宾老爹一行人相处那么多天，我和费宣已经习惯了他们的生活方式，塞尼和康尼也越来越喜欢和我们在一块。就连骆驼也接受了我们，不像开始时一发现我们靠近就张开嘴作势要向我们喷口水。

和他们“厮混”得越久，对他们的了解也越深。图阿雷格人并不像外界传言的那样凶悍，而是友好和善的。尤其是对骆驼，他们更是爱心满溢。从见到他们的第一天起，我就没见过他们对骆驼大声呵斥，就连偷偷跑掉的那两匹骆驼也没有受到任何“特殊照顾”。塞尼连说带比划地告诉我们，骆驼在他们眼里就和自家人一样，怎么可以对自家人又打又骂呢？

在撒哈拉，从古至今生活都是很艰苦的。阿拉伯民间故事里，真主体察到子民的辛苦，特地将骆驼赐给居住在这里的穆斯林，帮助他们渡过生活的难关。

别看骆驼表面那么温顺，其实脾气大着呢。驼队里有匹小骆驼，脾气不是一般地倔。好多次哈宾老爹为它上鞍子的时候，这匹小骆驼就像有人要它的命似的，拼了吃奶的力气大吼大叫，哈宾老爹也不管它叫不叫，继续上他的鞍子。这下可把小骆驼惹毛了，转过脸来对着哈宾老爹的脸一口口水吐上去，哈宾老爹淡定地用宽大的袍子擦一把脸，继续上鞍子，看到我在旁边拍照他笑了笑。那一瞬，我突然觉得哈宾老爹手下的不是骆驼，而是他那调皮捣蛋的小孙子。

飞豹视点

阿拉伯世界有悠久的骆驼驯养历史。从古埃及、巴比伦和亚述时代遗留下来的文献看，驯养骆驼最早出现在阿拉伯半岛，后来逐渐普及到邻近的地区。阿拉伯人一直将骆驼视为财富的象征。在古代，征服者向被征服者勒索的贡品中，骆驼的数字比马的数字还要多。新娘的彩礼、囚犯的赎金、赌博的赌注、酋长的财富，都是以骆驼头数为计算单位的。

这匹捣蛋的小骆驼还经常弄得我哭笑不得。有一次我在路边发现一丛非洲雏菊，开得十分漂亮，忍不住拿出相机走过去拍。正当我拍得高兴的时候，小骆驼慢悠悠地走了过来，一口就把那丛雏菊吃掉了大半，边嚼还边转过头来得意地看着我，嘴角还留着一朵没嚼完的花骨朵。我想，它要是个人的话一定早已咧开嘴大笑了吧。

1.和骆驼比嘴大。

自从来到非洲，我就发现费宣童心大发了。他最近迷上了和骆驼比嘴大，没事的时候就跑到骆驼旁边对着骆驼张嘴大叫，骆驼也很给他面子，立马张开大嘴回应他。这么精彩的画面岂能错过，我早就准备好了相机等着拍了。看着这群开心的骆驼，我突然觉得它们很幸福，有那么宠爱自己的主人，还能每天吃到美味的食物，有时候还有非洲雏菊当点心，无聊的时候还有个老顽童和它们比嘴大，真是幸福啊。

不管环境多么恶劣，骆驼们依然生活得开心自在，就像这里的图阿雷格人一样，顽强始终是它们生命的主题。面对严酷的自然环境，只要有抗争的精神与友善的心，没有什么是做不到的。这里的骆驼不会哭泣，这里的人也不会放弃！

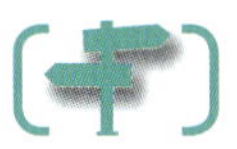

隐者传奇

广袤苍凉的戈壁茫茫无际，原以为寸草不生的撒哈拉，不时也能看到几丛雏菊怒放在炙热的阳光下，间或会有几棵造型怪异的树木闯入我的视线。偶尔听到几声动听的鸣叫，才发现有只百灵鸟已跟随我们多日了。进到撒哈拉腹地的第一天我就发现了它，这小鸟始终保持着一个安全的距离紧跟在我们身后。跟了几天后，我对费宣说：“我们跟着哈宾老爹有水喝，这小鸟跟着我们有饭吃，”费宣听后大笑，说它怎么不多叫几个同伴来。或许它根本就不是为了面包渣，而是真主安拉派来的使者，保佑我们平安走完这一段路，谁又能说得准呢？

初到撒哈拉的我们看到什么都是新鲜的。费宣更是精力充沛到爆棚，裹着头巾拿着小锤子满沙漠地跑，这敲敲那砸砸，开心得像个孩子。一路上神奇的东西多到我们看不过来，好在有哈宾老爹他们在，告诉我们那些奇怪的东西都是什么。

来沙漠之前就知道撒哈拉的岩画是最有名的，于是就问塞尼我们走的这条路上看不看得到岩画，塞尼很肯定地点了点头。一路上我和费宣都盯住石头不放，他是源于一个地质学家的本能反应，而我则是为了看到那些传说中的岩画。

塞尼这小伙子一路上都黏着我，我每照完一张相他都要凑过来仔

1.沙漠中奇形怪状的巨石。
2.3.一万年前用石英石画的动物图案。

细“审查”一番，多亏他的检查我才发现，我苦苦追寻的岩画其实早已被我收进了相机里。岩画大部分都藏在很隐蔽的山谷里，只有少部分裸露在路边的岩石上。这少部分裸露在外的岩画经历了数千年的风吹日晒，早已斑驳得难以辨认。看着我略带失望的表情，塞尼马上带我来到一处隐蔽的山谷，指着岩壁上清晰的图画叫我拍个够。

塞尼说，岩画大多数都是一万多年前他们的祖先留下的，当时的人们使用动物的血混合某种矿物，将日常生活画到了山谷的石壁上。这些岩画构图精致、内容丰富，以写实的手法向我们再现了距今一万多年前的生活场景，有的甚至可以清楚地看到奔跑的水牛和紧跟在牛身后放牧的村民。这些传神的图画简直就是撒哈拉最古老的珍宝。

飞豹视点

非洲著名的岩画是研究撒哈拉地区史前文明的重要史料，岩画几乎覆盖了十几个国家，大多数都位于撒哈拉中部地区。北非的岩画数量之多让人惊叹，仅撒哈拉地区就已经发现3万个岩画遗址，并且还不断地有新的岩画被发现。

站在阿斯克兰峰上往下看，壮丽神奇的景色绝对无法抵挡。阿斯克兰是霍加尔山脉美丽的阿特阿卡尔山最高峰，海拔2 780米。塞尼说山上有一座小屋，美其名曰“阿斯克兰小屋”。1911年，一位名叫查尔斯·德·富考德的法国神父在山顶上建造了这间房子。神父到霍加尔山脉的目的是研究图阿雷格人的文化，同时也将主的福音传播给居住在这里的人们。

我们徒步上去，大概20分钟就上到了山顶。一只全身近乎黑色的猫突然出现在我们眼前，犀利的眼神盯住我和费宣好长时间，不过在它“审查”完我们这群人后，居然颇有灵性地带着我们向小屋走去。快到小屋时，一位胡子兄从屋里走了出来，小黑猫看到他后“嗖”地一声蹿到了那人面前，围着他的脚边蹭来蹭去。胡子兄就是小屋的现任主人，一位现代的隐者。热情地招呼过后，我们彼此比划着介绍各自的情况。我告诉他说我们来自中国，要穿越撒哈拉沙漠，从加纳开始，全程将经过7个国家，阿尔及利亚是其中的一站，最后将到达红海海岸。

胡子兄很热情，为我们沏了茶，带着我们屋里屋外地参观了一

1.隐者与小屋。
2.记录一天的见闻。

胡子兄拿出一沓纸，上面写着各种文字，全是来到这里的人留下的。我突然看见了熟悉的方块字，据说是两个北京的朋友留下的。我忍不住向胡子兄要来纸笔，写下了心中的感慨和祝福。

圈，小黑猫始终不离左右地跟着他。屋内最醒目的位置挂着查尔斯·德·富考德神父的照片。据说小屋于1955年重建过，这里还存放着许多历史学、地质学和民族学的书籍，神父在其“退休”期间还经常在小屋里研读这些书籍。

胡子兄拿出一沓纸给我们看，上面什么语言都有，全都是来到这里的人留下的。我一张张翻着看，突然看见了熟悉的方块字，胡子兄说这是两个来自中国北京的朋友留下的。看着他们的留言，我忍不住向胡子兄要来纸笔，激动地写下了心中的感慨和祝福，祝福所有来到这里的朋友事事顺意，愿主与他们同在。

1.胡子兄讲解霍加尔山区地形。

胡子兄又领我们来到外面的空地上，这里有一个石台子，台子上面有一张霍加尔山脉的区位图，是法国一家旅游机构制作的。图中一目了然地标明了霍加尔山脉各座山峰的名称及海拔，非常实用。我们在研究区位图的时候，胡子兄的小黑猫静静地站在一旁望着山下出神，费宣笑说这是一只会看风景的猫。

上山的路上我们曾经发现附近有一些高大的建筑，现在站在山顶看得更加清楚。胡子兄说其中两座是阿尔及利亚的通讯转播站和国家气象站，其他的则是近期开始为游客建造的设施，想必是阿尔及利亚想将此处作为一个旅游项目进行开发吧。不知道这是好还是坏，在我看来，一个纯粹供那些寻求宁静的闲云野鹤栖身的地方，如果受到过多的外界干扰，怎么说也是件怪异的事情。可是看到当地人的生活之后，我又觉得，也许这里作为旅游项目开发后能给他们带来一笔可观的收入，也算是一件大好事。人啊，有时候还真矛盾。

超级骆驼PK赛

我们依旧在阿尔及利亚境内的沙漠中穿行。清晨的沙漠很美，空气很凉爽，几乎没有一丝风，也没有飞舞的沙尘，看到的景色也感觉比平时要清晰得多。因为中午的气温越来越高，我们不得不起得更早，争取在太阳完全直射之前走完更多的路程。

临近中午时地面的温度已经高达50℃，隔着厚厚的鞋底仍然能感受到灼人的热气。虽然“土尔巴”有效地隔绝了大部分的阳光，但在

这样的条件下徒步行走所消耗的体力仍然是惊人的，哪怕是最有经验的图阿雷格人也不敢在正午时分在沙漠里行走。但沙漠气候的特点就是来得猛去得快，正午时的阳光热得仿佛可以烤焦皮肤，可只要避开这几个小时，气候就变得凉爽了。所以我们总是在正午阳光最强烈的时候休息，等天气稍微凉快一点再继续前进。

今天中午休息的时间比平时稍短一些，而且哈宾老爹、塞尼和康尼都显得有些兴奋，甚至等不及让阳光变得更温和一些就急急地收拾好装备，准备出发。一路上康尼和塞尼简直就像两只吵闹的山雀，唧唧呱呱地说个不停，连一向话不多的哈宾老爹也不时地发表一番意见，弄得我和费宣一头雾水。

走了大概两个多小时以后，哈宾老爹示意我们停下来，康尼和塞尼找了个相对舒适的地方，麻利地铺好阿拉伯线毯，开始烧水泡茶。

“不走啦？”我们很奇怪，问塞尼为什么停下来。

1.巧遇骆驼大赛。
2.比赛前的祈祷。
3.图阿雷格儿童。

塞尼一脸的激动，似乎没有心情跟我解释，只是用几个简单的单词告诉我们："在这等！"

好吧！在这样一个完全陌生的环境里听向导的应该没错，等就等吧！能够让我们的向导这么激动，想来应该是有趣的事情。

等了没多久，远远的地方扬起了大片沙尘。"难道是沙暴？"我心里一惊，向导们也激动得跳起来朝那里张望着，不过满脸欢喜，不像是碰上了沙暴的样子。我和费宣面面相觑，不知道究竟发生了什么。不一会终于可以看清了，是几辆开得飞快的越野车。我和费宣都吓了一跳，这可是不得了的事情，要知道我们进入沙漠以后就基本没有见到村落和行人，在无人区突然看到很多人可不是件值得高兴的事。

然而康尼老远就和他们打起了招呼，看到是熟人，我们才松了一口气。随后不断有人出现，都是图阿雷格人，大部分都穿着长袍，裹着头巾，骑在高高的骆驼上，身体随着骆驼行走的节奏前后摇摆，样

骑在骆驼上的康尼脸上多了几分睥睨天下的豪气，当他驱赶骆驼赛跑时，那种狂野的气势简直动人心魄。我想，也许只有骑在骆驼上的图阿雷格人才是那个书写了光辉历史的民族。

子惬意又潇洒。看起来今天应该是附近部落间的聚会，人们都穿着节日的盛装，个个精神焕发，许多人的长袍明显能看出是簇新的，应该是特意为参加聚会而准备的。

大概一个小时的时间里，不断有人从四面八方赶来，有骑骆驼的，也有开越野车的。很多人是全家老小都来了，骆驼叫、小孩哭，夹杂着各种打招呼的声音，场面热闹得不行。我和费宣虽然包裹着头巾，但东方人的面孔还是很容易被看出来，当人们得知居然有两个老外也来参加聚会，还引发了一场小小的轰动。

一位图阿雷格老兄不知道是不是为了吸引眼球，裹了一个巨大的“土尔巴”来参加聚会，所到之处无不引发阵阵惊叹。我第一眼看到他的时候，不禁倒吸了一口冷气：那么大的一个头巾，估计怎么也得有四五公斤重吧？这老兄顶着这么重的东西还显得洋洋自得，显然对自己的创意非常满意。看得出来大家为参加聚会都是花了一番心思的，因为但凡这种大型聚会都是青年男女吸引异性的最佳场合，单身男女自然要抓住这个机会好好展示自己的风采。我正看得兴高采烈，突然感觉费宣在使劲地扯我的衣服，我转头一看，费宣正激动地用眼神示意我看不远处的两个青年男子。

“天！难道是传说中的蓝色人？”我一看也激动坏了。我说的蓝色人不是智利发现的蓝色人种，而是撒哈拉特有的一个民族。从生物学的角度来说没有什么特别，但是他们有一种习俗，酷爱穿靛蓝色的服饰。制作衣物的布料是自己染制的，因为工艺的关系很容易掉色，

飞豹视点

智利蓝色人：在智利海拔6 000多米的安第斯山区生活着一群浑身上下呈蓝色的人。科学家分析，由于这里空气稀薄，含氧量极低，生活在这里的人们为了获取足够的氧分，体内合成大量血红素，使皮肤呈现出一种特别的蓝色。

1.我们的向导康尼。
2.参加骆驼大赛的图阿雷格父子。

在长期的穿着过程中衣物的颜色把他们的皮肤也染成了靛蓝色，加上在沙漠中洗澡不方便，颜色越积越深，看上去就像皮肤是蓝色的一样。这个民族人数非常少，平时以游牧的方式散居在撒哈拉沙漠里，非常难见到，今天居然让我们开了眼界，真是一个意外的惊喜啊！

人来得差不多了，大家开始有秩序地分开坐好，基本是以家庭为单位，相熟的就坐得近一些，小孩子们则基本围着开来的几辆越野车打转。坐好了以后，几个青年男子骑着骆驼走到前面的空地上，指挥骆驼以一种小碎步的姿势前进，感觉有些像马术表演。他们表演的时候，旁边的人们大声喝彩鼓掌。看到这里，我和费宣基本有些明白了，这是一个类似于内蒙古地区赛马会的节庆活动，只不过把马换成了骆驼而已，没想到还能碰上这样的机会，可以近距离观摩图阿雷格部落间难得一见的赛驼盛会，可把我们激动坏了。

没想到向导们比我们更激动。骑术表演结束后，康尼骑着我们的骆驼冲到场上，和其他人一起驱赶骆驼赛跑。没想到平时温和腼腆的康尼还有这么豪爽的一面，看来每一个图阿雷格人的血液里都流淌着一股野性啊！康尼在这些部落间的知名度似乎还蛮高的，他上场的时候场面相当轰动，所有人都在鼓掌叫好，有些女人甚至发出了尖叫。康尼也像个明星一样，骑着骆驼在场上跑了一小圈，不时地向大家挥手致意。

骑在骆驼上的康尼和平时有些不一样，帅气的脸上多了几分睥睨天下的豪气，眼睛里的神采坚定而自信，当他和朋友们一起驱赶骆驼赛跑时，那种狂野的气势简直动人心魄。我想，只有骑在骆驼上的图阿雷格人才是那个书写了光辉历史的撒哈拉传奇民族。

1

2

1.浓妆艳抹。
2.已婚的图阿雷格妇女会将嘴唇涂成黑色。

一个八九岁的男孩子是今天最小的骑手，他父亲估计是想从小培养他成为一个真正的图阿雷格男子汉，那么小就带他来参加比赛。但是这个小孩显然是被我们吸引了注意力，总是朝我们的方向张望，跑到我们面前时，更是被我手上的相机吸引住了，干脆停下来死死地盯着我们不走。他父亲招呼了他几次都没反应，无奈之下父亲只能把儿子骆驼的缰绳拴到自己的骆驼上，牵着他跑到了终点。看着那个父亲愤怒的表情，我只能报以歉意的微笑。

盛会中的每一个人都是兴奋的、狂野的，看着这些传说中野蛮彪悍的民族毫无保留地展示他们的真性情，我激动得拿相机的手都有些微微发抖。我就像一个守候猎物的猎手用镜头捕捉着目标，肆无忌惮地用相机记录着这些珍贵的影像。节日的欢乐让人们对我的行为给予了极大的宽容，哪怕看到我在拍摄他们也不曾表示反对。

但是在拍摄图阿雷格妇女的时候，我仍然保留了一份谨慎。平日

里要想拍摄到图阿雷格妇女的样子几乎是不可能的，她们总是蒙着厚厚的面纱。可今天的盛会让我们见到了她们隐藏在面纱后的美丽。参加聚会的妇女们都是盛装打扮，未婚的女孩不允许化妆，已婚的女子则可以为自己进行装饰。她们用眉笔勾勒出柳叶弯眉，使用一种从植物中提炼的颜料把嘴唇涂黑，双颊和额头上各用颜料点上一个圆点，类似中国古代仕女所贴的花黄。大概是因为经过精心装扮之后舍不得把自己美丽的脸庞藏在面纱后面，所以都没有包裹面纱，让我们有幸一睹真容。

直接拿相机对着她们拍摄，十有八九要惹麻烦，可是又舍不得放过这难得的机会，于是我只能拿着相机假装拍摄附近的场景，趁她们不注意的时候迅速按下快门。没想到这样拍摄出来的照片更加美丽，镜头中的女子或温柔、或忧郁，那种自然流露出来的韵味是无法刻意去寻找的。看着这些美丽的图阿雷格女子，我脑海里仿佛突然响起了许巍那首《夏日的风》：

一个成熟的女人，脚步轻盈，衣裙在夏日风里，悠然荡起；

一个成熟的女人，脚步轻盈，像鲜花在原野开放，让我恍若隔世……

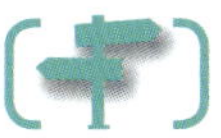

一万年前的“博客”

天气越来越热，温度计显示气温已经超过了50℃，感觉喝下的水只是在喉咙里打了个转就变成汗水流走了，而汗水刚刚从身体里冒出来就瞬间蒸发了。头巾已经成为不可或缺的必需品，“土尔巴”真是一个好东西，不愧是沙漠民族在长期实践中总结出来的智慧结晶，又

每一幅岩画都是古人的心情记录，他们以这样的方式记录自己的悲伤、喜悦和敬畏。这些古老的岩画就像一个超越时空的博客，让一万年后的我们通过它去触摸那些曾经的悲欢喜乐。

防风沙又挡太阳，别看厚厚的一层，其实一点都不热。

在沙漠里乘坐越野车前进的速度比起走路其实快不了多少，因为沙子太软，车轮经常陷进去，碰到这种情况只能下车来推，一天下来感觉比徒步行走还要累。最危险的是翻越沙梁，因为很难根据沙梁的坡度、坡高和沙质的软硬准确地掌握车辆起跑及冲坡的速度。速度过小，车辆无法冲上沙梁或被架在沙梁上。速度过快，车辆在翻越沙梁后容易造成飞车，后果十分严重。因此在翻越高大而陌生的沙梁前，我们必须下车对前方的沙梁进行勘察，寻找沙质较硬、沙梁两边坡度较小的地方进行翻越，所以前进速度之慢也就可想而知了。

中午这段时间照例是走不了的。正午太阳直射沙漠时，沙漠会对阳光产生强烈反射，气温急剧上升，最高可达55℃。在高温下，汽车空调基本失去制冷功能，由于散热不畅，车厢内的温度甚至可能高过车外。此外，由于沙漠对阳光产生强烈反射，司机根本无法看清沙漠的地表起伏情况，会给行车安全带来很大的威胁。所以我们还是按照老规矩，找一个有阴影的地方休息，等阳光变得不那么炙热了再上路。

哈宾老爹和塞尼走了以后，就只剩下康尼一直陪伴着我们，他对这片地区的了解出乎我们的意料，总是能带给我们惊喜。今天中午寻找休息地的时候，康尼直接让司机大哥把我们带到了一片岩壁旁边。巨大的岩石下面好大的一块阴凉地啊！真是个好地方，看起来还可以舒舒服服地躺一下。正打算躺下舒展舒展在越野车里蜷得发酸的筋骨，却看见康尼招呼我们过去。我和费宣比较好奇，马上应声而起，

1.一万年前的博客。

司机大哥却一副见怪不怪的样子，自顾自地睡觉去了。

我们走过去一看，果然又是一阵激动。眼前这片巨大的岩壁上刻画着各种各样的图案，有动物、有植物、有湖泊，还有人类活动的图像。前几天在路边看到一些零散的动物图案已经让我激动不已，没想到今天可以看到这么大规模的一片，而且眼前这幅岩画明显是叙事性的，是古人为记录生活中值得纪念的事件而绘制的作品，比零散的动物图案更具有研究价值。

这里的岩画和常见的以矿物颜料调和动物血液绘制的岩画不同，是用硬物在岩壁上刻画而成。我们发现岩壁四周有很多散落的石英石，也许古代的撒哈拉人就是用坚硬的石英石绘制了眼前的这些图

1.2.描绘狩猎场景的壁画。

案。岩画里有栩栩如生的长颈鹿、骑着马牵着狗的猎人，欢庆节日的人们以及高大的植物等等，线条简单却很传神。

抚摸着岩壁上的图案，眼前仿佛出现了一万年前的景象：暴雨从阴暗的天空倾泻而下，狂乱的雨丝抽打着部落简陋的小屋，部族里的男子们冒着大雨支撑着被风刮得吱吱作响的屋子。一道闪电划过天空，巨大的雷声把婴儿吓得哇哇大哭，母亲只能尽量把孩子藏在怀里，低声在他耳边呢喃，安慰受惊的孩子。年长的女人们紧握着颤抖的双手，向神灵祈祷，希望神灵庇护整个部落平安度过这场危机……

“飞豹、飞豹！你在发什么呆啊？”正看着年轻猎手在夜晚悄悄记录自己值得骄傲的第一次出猎，我突然被费宣的呼喊唤回了现实。也许每一幅岩画都是一个古人的心情记录，他们以这样的方式记录自己的悲伤、喜悦和敬畏。这些历经了上万年的岩画，其实就是一个超越时空的博客，记录着古代撒哈拉人的生活和思想，让一万年后的我们通过它去解读和触摸那些曾经的悲欢和喜乐。

大人国历险记

离开岩画区域，我们顶着烈日开车继续前行，整个车子就像是一个移动的烤炉。但此时的我却没怎么在意这吓人的热度，眼前仿佛还是刚才那一幅幅美丽的岩画，生动的狩猎画面怎么也挥之不去。正当我深深沉浸在回味中的时候，突然听到康尼在叫。糟糕，我们的车子

1

又陷进沙子里去了，已经不知道是第几次了，撒哈拉的沙子果然不是开玩笑的。

我拉开车门迅速蹿了下去，只见康尼正拿着铲子拼命地铲车轮附近的沙。等铲得差不多了，司机大哥一声令下，康尼和费宣使出了吃奶的力气推车。还好陷得不算太深，没怎么费力车轮就出来了。我们重新上车，但走了没多远，康尼就提议休息了。这种温度下开车，谁都受不了。司机大哥把车停在了一块巨型岩石下的阴凉处。放眼四周，全是各式各样奇怪的石头。有怪石，找费宣。一看有那么多石头，费宣立马来了精神，拿上他的小锤子就跑了出去，我和康尼也马上跟了过去。

还没跑出多远，我就被眼前所见的一切给震住了。在费宣眼里，重要的是这些怪石的成因和其所含的物质，可是在我看来，这些石头都是鬼斧神工的杰作。站在这些神奇的石头下方，我突然觉得自己变成了乔纳森笔下的格列佛，而我所在之处也不是撒哈拉，而是大人

1.沙漠中也有"大象"。
2.两只"小猪"在亲吻。

国中的某个动物牧场，巨型动植物随处可见。在这些高大的动植物面前，我们渺小得犹如掌上玩偶。

正在神游大人国牧场的我被费宣一巴掌拍醒了，回过头来看他正笑嘻嘻地望着我，不知道是天气太热还是因为激动，费宣的脸红得就像熟透了的苹果。我说这里的石头已经不能用神奇美丽来形容了，它们好像具有某种魔力一般，你只要看上一眼，整个人就会被拉进那个奇幻的世界中去。

费宣说这里的石头属于砂岩，是沉积岩的一种，是经过千百年的流水冲蚀沉淀于河床上堆积而成的。我们今天看到的这些奇特造型早已不是岩石最初的形态，不过在我看来它们现在的样子更加活泼生动。这些砂岩最高的有10多米，普通的都在4米左右，我们的车可以自如地穿行于其中。现在光是站在一旁看看就觉得乐趣无穷，可以想象当年沉在海中的它们曾经带给水里的动物怎样的欢乐，它们也一定当这里是乐园吧。

站在这些神奇的石头下方，我觉得自己变成了格列佛，而我所在之处也不是撒哈拉，而是大人国中的某个动物牧场，巨型动植物随处可见。在这些高大威猛的动植物面前，我们渺小得犹如掌上玩偶。

走了几天，方圆几百公里内都是荒无人烟的茫茫沙漠，偶尔能看到几只奔跑的瞪羚，或者正在吃草的骆驼，除此之外再看不到别的东西了。然而在离大人国不远的地方，我和费宣发现康尼蹲在沙地上，他面前放了一堆东西。康尼向我们招了招手，等我跑到面前一看，原来是鸵鸟蛋呀，有好多颗呢。

正要问康尼怎么不见鸵鸟呀，康尼哈哈笑了起来，说这个是西瓜，不是鸵鸟蛋，这些西瓜只是干了而已。康尼指着另一边说："还没熟的在那，"边说边走了过去，随手掰开一个，一股西瓜的清香扑鼻而来。我抓过来就想吃，康尼见状立马拉住我，说这个不能吃的，不过可以用手蘸了尝尝。我一尝，很清凉，不过却很苦，如同黄连。我立刻选了几个干了的打算带回去，直觉告诉我，这种瓜的口感又凉又苦，药用价值一定很高，经过培育的话说不定会成为做西瓜霜最好的原料，也有可能会是不错的西瓜品种。

回到车上，司机大哥已经等得睡着了，费宣也挨着司机大哥做起了美梦。我却怎么也睡不着，康尼看着我无聊的样子，悄悄问我要不要去洗澡。

"什么？这里可以洗澡？"已经快一个月没有洗澡的我顿时来了精神，可这附近又实在不像有水可以洗澡的样子啊？康尼嘿嘿一笑，一副山人自有妙计的样子，他可是这里的地头蛇，跟着去看看也好。康尼带着我七拐八折地走了半天，眼前突然出现了一丛比人还高的纸莎草，草的背后有一个石洞，石洞里竟然有一汪清水。看着康尼得意的神情，我是真的服了，这小子对这片沙漠熟悉得就像自己的家一样，谁曾想在撒哈拉沙漠的深处居然还有这样一个天然的浴池。

石洞很小，康尼大方地把洗澡的机会让给了我，我也顾不上客气了，脱掉衣服就泡了进去。天啊！没在沙漠中行走过的人是不会理解在炙热的沙漠中被清凉的水拥抱是一件多么幸福的事情，我深深地吸了一口这里湿润的空气，连日来的疲惫一扫而光，惬意地泡在这个天然澡盆里简直不想出来了。

回到休息地，刚睡醒的费宣听说有这么个好地方懊悔不已，连连埋怨我没有叫上他。望着车窗外模糊的影像，一身清爽、心情大

1.沙漠西瓜。
2.沙漠里难得的天堂。

1

2

好的我忍不住哼起了小调。没想到这短短的一天之中就让我见识到了这么多神奇美丽的事物，撒哈拉沙漠里究竟还隐藏着多少未知的惊喜啊？

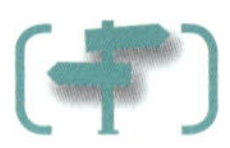

困兽

到目前为止，我们已经成功穿越了加纳、布基纳法索、马里、尼日尔和阿尔及利亚5个国家，还剩下最后两个国家——利比亚和埃及，可以说此次穿越撒哈拉活动已经完成了大半。自从踏上这片神奇的土地，我们收获颇多，真真切切地领略到了撒哈拉的神奇与美丽。和这些动人的事物相比，一路上所经历的困苦与艰辛在我们看来都是值得的。

我们满怀信心地在阿尔及利亚东部边境城市贾奈特的旅馆里，等待地接公司为我们送来利比亚签证，地接公司的工作人员却非常遗憾地告诉我们说，不知道出于什么原因，利比亚政府已经停止向中国人发放签证了。这突如其来的平地一声雷，让我和费宣着急了，不给签证我们怎么继续之后的行程，这是在开什么国际玩笑啊？刹那间我心中突然变得又急又怒，一把拽住地接公司工作人员的衣服，激动地问究竟是怎么一回事？不给签证的理由是什么？工作人员一脸无奈地说他也不知道原因，官方没有给出具体说法，只说现在不给中国人发放落地签，要签证的话就请回中国北京的大使馆办理。

1.无奈的等待。
2.在阿尔及尔机场。

这家伙一问三不知，急得我脑袋都快爆炸了。费宣看我急成这样，马上过来安慰我说别急别急，咱们马上给国内的朋友打个电话，请他们帮忙去使馆问问。听他这么一说，我也努力使自己平静下来，马上摸出电话拨了国内的号码。

挂断电话，我坐立不安地在房间中踱来踱去，隔上几秒就看一眼电话，度日如年般地熬了几个小时，回电终于来了。朋友告诉我说，使馆给的答复是："你们要办理签证，请到利比亚边境办理落地签，北京使馆不办理签证。"

在旅馆里一等就是48个小时，签证的事仍然杳无音讯。躺在床上，顿时思绪万千，窗外一弯新月早已升上了夜空，看着月亮，鼻头不禁有些发酸。当天是端午节，在国内的话一定是和家人一起吃粽子过节，本以为这次可以用穿越过境这一特殊的方式来庆祝端午的到来，没想到却是空欢喜一场。一路上我们遇到的艰难与困阻不少，但每一次都能逢凶化吉，很多次和费宣聊天时都开玩笑说我们俩还真是所向披靡啊，多少困难也挡不了我们的路。却不曾想，多日之后我们就像困兽般被困在了贾奈特，前路被堵过不去，退路也没有，驼队早已回去了，开车返回也不现实，在沙漠里车子实在没有骆驼方便。明天的路该怎么走，实在是一件令人头疼的事情。

> 未来的不确定让我们分外焦急，比在50℃ 的高温下行走在沙漠里还难受。困守的无力感让我感觉就像遭到绑架，虽然我们的身体相对自由，但心灵的束缚和情绪的压抑才是最折磨人的。

第三天我们终于收到了地接公司的明确答复：他们已经尽了最大的努力但还是无法获得利比亚的签证。看来我们只能放弃利比亚的行程，直接前往埃及进行我们本次撒哈拉探险的最后一段行程。

中国有句老话叫“屋漏偏逢连夜雨”，还真是祸不单行。本打算从贾奈特乘飞机到阿尔及尔，然后从阿尔及尔经利比亚上空飞往埃及，没想到阿尔及尔的海关居然不让我们出境，原因是我们的护照上没有埃及的签证！

心急如焚的我们只能强压心中的怒火，等待着最后的结果。就在这时意外地碰到了一位中国老乡。这位老乡来自江西，是到阿尔及尔打工的，他听说我们的遭遇后很同情，告诉我们要做好心理准备，现在这边对中国人控制得特别严格，甚至特别针对中国人制定了很多规定，我们碰上的这种事也不算什么新鲜事了，反正只要你拿的是中国护照，那么很多事都需要按照特别的规定去办理。

我和费宣听了这位老乡的话半晌没说话。这究竟是怎么了？中国不是非洲的好朋友吗？为什么中国人在这里要遭受这样特别的待遇？我去过世界上很多国家，九大极点探险的时候，也办理过好几个国家的签证，但是从来没有碰到过这样的情况，就连号称最难办理的美国签证也很顺利地办下来了。真没想到这次在非洲的探险却是这样的一波三折。最开始是塞内加尔拒绝向我们发放签证，然后是利比亚拒绝我们入境，现在又是阿尔及利亚不让我们出境，这一连串的意外让我们一时有些反应不过来。

未来的不确定让等待中的我们分外焦急，比在50℃的高温下在沙漠里行走还难受。困守的无力感让我感觉就像遭到了绑架，虽然我们的身体还是相对自由的，但是心灵的束缚和情绪的压抑才是最折磨人的东西。

事已至此，我们只能安慰自己，权当是休息吧！反正办理埃及的签证也需要时间，我们就在阿尔及尔好好地调整一下状态。穿越沙漠的行程异常辛苦，加上前几天因为利比亚签证的事情一直很焦虑，一直没能好好休息。我都感觉有些吃不消，年过六旬的费宣想必更加疲惫，我们现在也算是漂泊异乡，更要照顾好自己的身体，累垮了可不行。

1.非洲北部的地中海。
2.阿尔及尔海滩边的孩子们。

蓝色地中海

经过一番周折，我们终于通过中国驻阿尔及利亚大使馆拿到了同意我们前往埃及的照会。原来大使馆的工作人员一直在网上关注我们的活动，得知埃及大使馆要求我们提供相关证明文件，工作人员第一时间为我们办理了手续。他们的热心让我和费宣很感动，那几天走到哪里看到的都是搪塞与拒绝，终于在咱们自己的使馆里感受到了家一般的温暖。

因为还要赶着去埃及大使馆，我们只能匆匆告别了中国大使馆的朋友们。埃及驻阿尔及利亚大使馆审查了所有文件后终于受理了我们的签证申请，但是签证审查需要5个工作日，也就是说我们还需要在阿尔及尔等待五天。

真是急惊风碰上了慢郎中，看着慢条斯理地整理文件的埃及大使馆工作人员，我们也只能无奈地笑笑。不过还好总算是有了盼头，既来之则安之，我们就利用这几天的时间好好游览一番阿尔及尔这个美丽的地中海城市吧！

因为不需要赶时间，我和费宣慢悠悠地沿着街道漫无目的地乱逛，不知不觉间来到了阿尔及尔的旧城区。山上有很多石头垒砌的两层楼高的古老房子，中间夹着许多狭窄的、铺着石子的小巷，是一个极富阿尔及利亚民族色彩的地方。因为年代久远，原本白色的石墙已经有些微微发黄了。行走在狭窄的甬道中，心灵感到出奇的平静，尘世的喧嚣仿佛被隔离在了城区之外，只剩下凝固的历史和面容安详的老人。老城区保留了浓烈的阿拉伯民族风情，古意盎然，到处都是用石头砌成的低矮石楼，密密麻麻地沿山而上。

1.2.阿尔及尔街道。

古色古香的城堡遗址和圆顶尖塔的大清真寺高高耸立在石屋之上，格外引人注目。几百条石子小路狭长曲折，而且台阶很多，因此汽车在这里是无法通行的，只能靠双脚去探寻这座古老城市中隐藏的奥秘。在小巷子里行走时，自己的脚步声是你唯一能够听见的声音，你会不由自主地放低声音，害怕惊动了那些凝固在墙角的历史风云。据说旧城区里有很多艺术家，终日游弋在各个街道，希望从历史的痕迹中寻找创作的灵感。我们真希望能够碰上这些艺术家，也许从他们的口中，我们还能见到一个不一样的阿尔及尔呢！

可惜我们晃悠了半天也没能见到那些艺术家，倒是见到了一位牵着两头驴从小道上通过的老兄。驮着沉重货物的毛驴在铺着石板的路上走得很困难，这位老兄只得不时地伸手帮它们一把，他们的出现使旧城中原本好似凝固了一般的空气突然鲜活起来。想来在一百多年

1.赶毛驴的老兄。

前，小道上应该到处都是这样的情景，毛驴承载着繁盛的商业活动中必不可少的运输任务。一瞬间仿佛回到了百年前的阿尔及尔，这位老兄如果再换上阿拉伯长袍就更有味道了！

阿尔及尔的新城看上去极富现代气息，房屋沿海边密密麻麻地排列，顺着山坡向上延伸，街道则与海岸平行，大多数都是欧式建筑，有很多街心花园。整个新城看上去整洁而又美丽，海边广场上一座白色的清真寺格外引人瞩目。它静静地矗立着，白色墙壁上勾勒着金色的花边，让人感觉端庄而又高贵。

海边有许多穆斯林女子在玩水，虽然伊斯兰教的教义规定女子要穿长袍戴头纱，古代阿拉伯人更是不允许女子露出哪怕一丁点儿的肌肤，否则就会受到严厉的惩罚。但是那些在海边玩耍的女子受到的束缚显然已经少了很多，在碧蓝海水的诱惑下忍不住挽起裤腿，露出一截白生生的小腿，一点也不担心可能会受到责罚。呼吸着地中海湿润的凉风，看着那深邃碧蓝的大海，身心就情不自禁地陷了进去。

1

1.撒哈拉沙漠霍加尔地区。
2.古罗马时期的石墙。
3.椰枣专卖店。
4.清真寺。

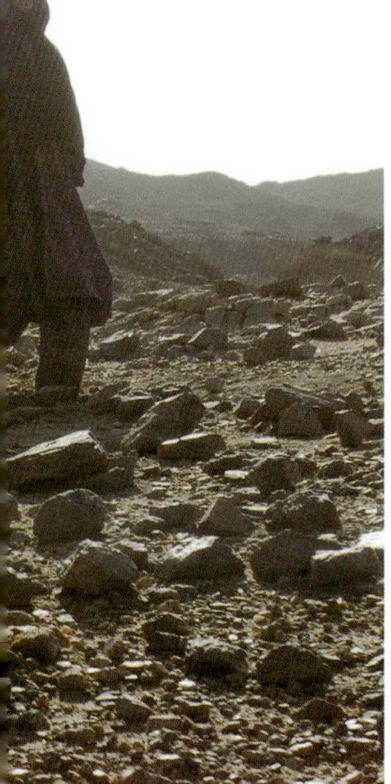

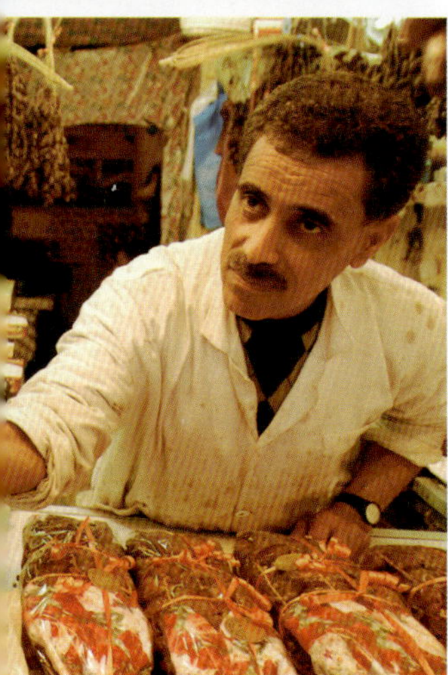

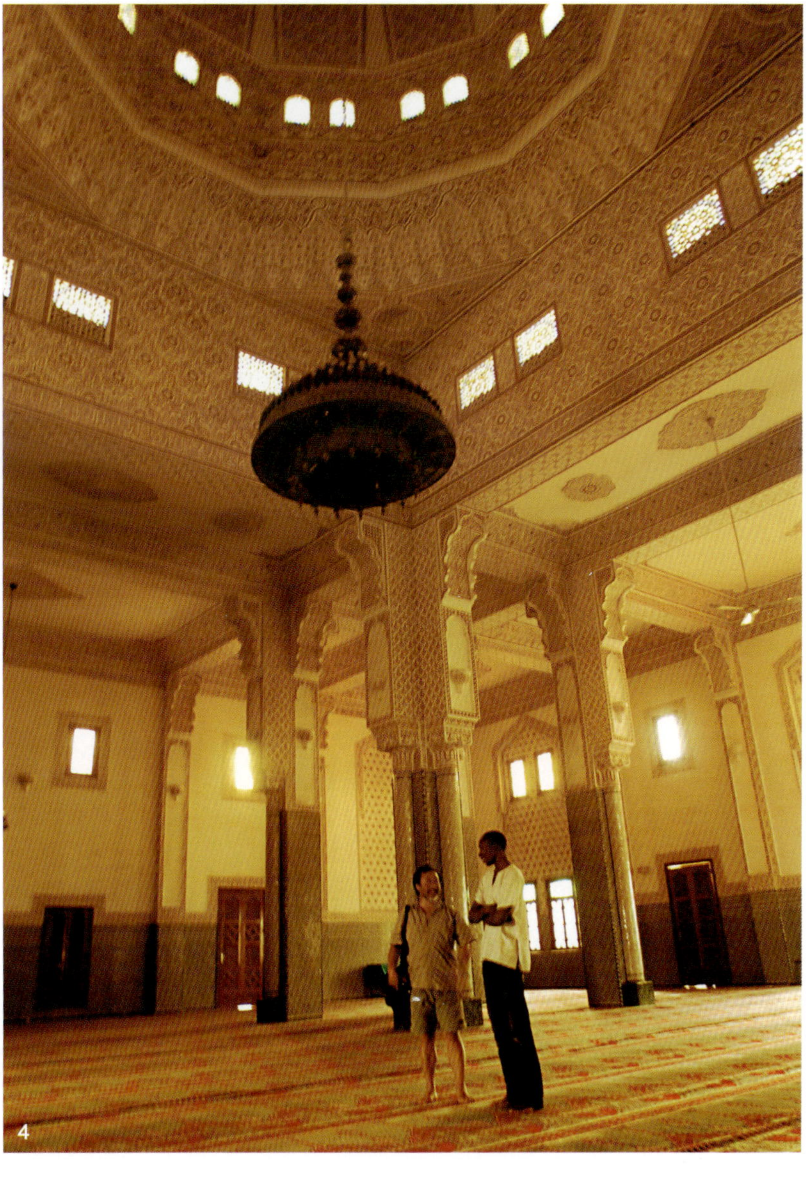

4

走出撒哈拉

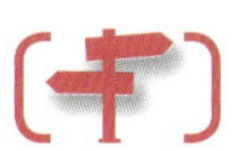

警察局“躲猫猫”

在阿尔及尔几天的等待之后，我们又一次来到了埃及驻阿尔及利亚大使馆门口。前一天那位工作人员说得无比肯定：“明天签证一定来。”走到使馆熟悉的围墙边，一看离上班时间还早，我对费宣说：“给我拍个照吧，希望咱们不用再跑一次了。”费宣连连点头：“就是就是，今天能拿到就最好了。”

费宣拿出相机“咔嚓”了两张，正要换我给他拍，突然听到一个愤怒的声音：“你们在干什么？”

一个高大魁梧的使馆警卫突然出现在我们面前，一边伸手挡住我们的相机镜头一边大声地呵问。我一看糟了，怎么惹上警卫了？

1.费宣正在拍摄。
2.阿尔及尔法院开给我们的传票。

警卫夺过相机仔细查看其中的照片。看着他严肃的表情，我和费宣都有些紧张。看过照片，警卫又抬头看了看我和费宣，下巴往使馆门口一努示意我们跟他走。很快我们被带到警卫室进行询问。

“你们在使馆门口做什么？”

“我们来领签证，因为还没有上班，所以在门外等了一会。”

“相机呢？为什么要在使馆门前拍照？这里是禁拍区域，你们不知道吗？”

“非常抱歉，我们真的不知道这里不能拍照，因为门口没有禁止拍照的指示牌。我们也没有在门口拍，只拍到了使馆外面的一小段围墙，如果有问题的话我可以马上删掉它。”我有些着急，在布基纳法索时我们也在使馆门口拍了照片，可是没有任何人告诉我这是不允许的。因为拍照我们已经惹了不少祸了，可是这一次真的很冤枉。

警卫完全不理会我的解释，翻出我们在沙漠中拍摄的岩石照片问：“这些呢？这些是什么？游客会拍摄这些东西吗？你们到底是做

رقم 09/1341

إستدعاء

جين فيبو

- المطلوب منكم الحضور -

يوم 2009//07/01 الساعة 08.30 صباحا

الموضوع : الاقامة غير شرعية في التراب الوطني

حرر بالنيابة في 2009/06/11

له وكيل الجمهورية

什么的？”

他的语气极其不礼貌，我有些恼火。费宣拉了拉我的衣服，仍旧好脾气地解释：“我是一名地质工作者，我们来这里进行穿越撒哈拉沙漠的探险活动，这些照片是我沿途拍摄的岩石标本图片，只是为了进行学术研究，绝对没有恶意。”

警卫的表情显示他根本不相信我们的解释，厚嘴唇里冷冷地吐出一大串单词。我听得不是太明白，但是其中一个词我听懂了：间谍！

任凭我们怎么解释都没用，他根本不听，转身打了一个电话。几分钟以后，几个荷枪实弹的警察冲进了警卫室。我和费宣彻底呆住，这回事情真的严重了。

随后我和费宣被带到了使馆附近的警察局，被关进一间房子里，一位警官进来为我们做笔录。姓名、年龄、职业、到阿尔及利亚的目

签证一拖再拖，好不容易有结果了却被当作间谍抓了起来。当年唐僧师徒西天取经历经九九八十一难，不知道我们的撒哈拉之旅经历到第几难了，也不知道接下来等待我们的是什么。

的以及去埃及使馆的目的等等，问题一个接一个地抛过来，短短十多分钟就把我们祖宗三代都盘问得清清楚楚。一个警察问完又换另一个警察来问，但都是差不多的问题。据说这是警察常用的手段，连续问你同样的问题，根据你回答的速度和内容是否有误差来判断你说的是不是实话。我和费宣一遍又一遍地回答着警察的问题，询问我们的警官换了一个又一个，警衔也越来越高，我和费宣心中也越来越紧张。

几轮盘问之后，警官拿着笔录材料出去了。看他的表情，我们的解释并没有说服他。趁警察不注意，我赶紧发了一个短信给国内的朋友，让他马上打电话给中国驻阿尔及利亚大使馆寻求帮助。除此之外我们什么也做不了，只能耐心等待警方的安排。两个多小时后，小屋的门终于又被推开了，一位警官拿着一大摞文件走了进来。“这是你们的笔录，如果没什么问题就签字吧！”

一看文件，我不由得一阵头晕，上面密密麻麻的全是阿拉伯文。“这上面写的什么我们都看不懂，怎么可能签字？”我一口拒绝了。

警官倒也好脾气：“都是你们刚才所说的内容，不会骗你们的，签了就让你们走。”

“签了就可以走啦！你们想跟罪犯在一起过夜吗？”警官的最后一句话彻底说服了我。警察局临时牢房必定不会是一个值得体验的地方，和流氓、小偷以及黑帮分子在一起待一整个晚上，想想都觉得可怕，于是横下心在文件上签了字。可护照还是被扣下了，第二天早上才能过来拿。

走出警察局，我和费宣不约而同地深深吸了一口新鲜的空气，互看了一眼，无奈地笑了。回想一下这些天的事真是让人哭笑不得。签证一拖再拖，好不容易可以去使馆看结果了却被人当作间谍给抓了起来。哎，我们这是倒了几辈子的霉啊，可以去买彩票了。想当年唐僧师徒西天取经历经九九八十一难，不知道我和费宣的撒哈拉之旅经历到第几难了，也不知道接下来还会有什么波折在等着我们。

 “刀下”救人实录

第二天早上我们准时来到警局。“你们的行为很恶劣，造成了很不好的影响，按照规定你们将被判监禁。”警官的第一句话就如同一枚重磅炸弹，一下把我和费宣炸呆了。

“不是罚款吗？怎么又要监禁？”我稳住心神问他。

“罚款？哪有那么简单，你们在阿尔及利亚实施间谍行为，只是罚款那么简单吗？”

“不过也不是没有办法。”他看了我们一眼，慢慢悠悠地说。我和费宣听出他话里有话，都没做声，看他还要说什么。

“只要你们愿意付一点费用，我就有办法让你们重获自由。”底牌终于亮出来了，想敲诈我们，真卑鄙！

“多少钱？”我沉住气。

“10万。”

“10万？”我吓了一跳，“10万第纳尔？那么多？”

“不是第纳尔，是美元，10万美元买你们的自由。”

“10万美元？”我彻底被激怒了，“别说10万美元，就是10万第纳尔我也不会给你。我们行得正走得直，没有做过间谍就是没有做过，我不相信法官也会和你一起同流合污。”

“哼！”他冷笑一声，“那你就去和法官解释吧！下次在监狱里碰面，我会好好招呼你们的。”

1.阿尔及尔街头。

> 虽然还是被勒令出境，但这已经是最好的结果了。到此时我们才算松了一口气。以前再危险的事情都经历过，从来没怕过，自然条件再怎么恶劣我们都有办法克服，但面对险恶人心我真的没辙了。

几分钟后我和费宣被一批荷枪实弹的警察押上了警车，说要带我们去法院。我强烈要求通知中国大使馆："我们是中国公民，不能在没有中国大使馆人员在场的情况下接受你们的审判。"令人意外的是警方居然同意了我们的请求，我马上拨通了中国大使馆的电话，把法院的名称告诉了大使馆的工作人员。对方表示会尽快赶到法院，让我们不要着急，随时和他们保持联系。

法院里人并不多，我和费宣坐在一个小房间里等待开庭。时间一分一秒地过去，却始终不见中国大使馆工作人员的身影。我心里不禁有些发慌，要是真的被判监禁，那麻烦可就大了。现在唯一的希望只能寄托在中国大使馆的工作人员身上，希望他们能向法官解释，争取宽大处理。又等了一会儿，开庭时间到了，法警要求我们关闭手机进入法庭。我最后看了一眼法院大门，无可奈何地关闭了手机。

在法庭上，法官询问了我们几个简单的问题，然后就立即宣布，我们在使馆前拍照的行为涉嫌在阿尔及利亚实施间谍行动，根据规定，我们将被当庭拘留，直到7月1日对我们提出正式起诉后再进行正式判决。

我简直不敢相信自己的耳朵，判决的严重程度远远超乎我们的想象。法警走上前来准备拘捕我们，我们不服，不配合的态度惹恼了他们。就在场面开始混乱、我的心中已经泛起绝望的时候，法庭的门"嘭"地一声被推开了。

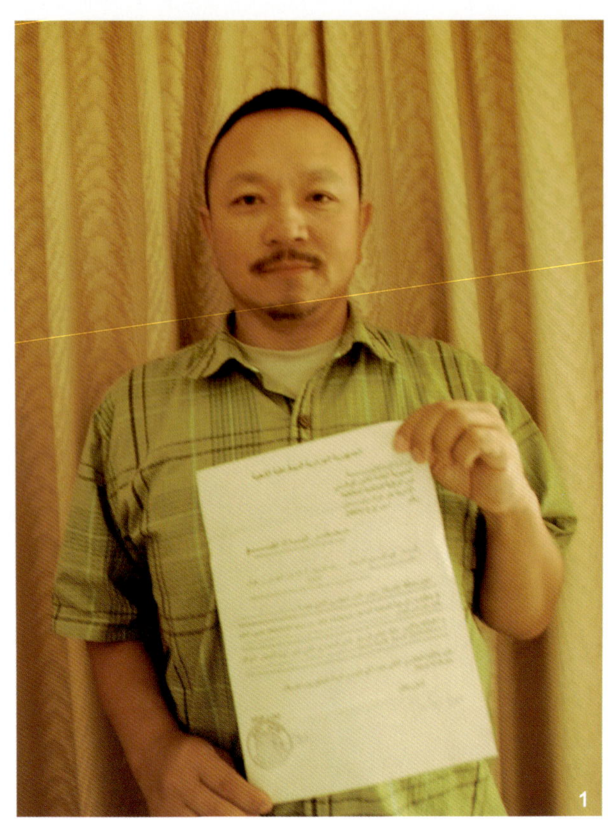

1.阿尔及尔法院的传票。

两个满头大汗的男人冲进了法庭。熟悉的黑眼睛和黑头发——是中国大使馆的工作人员！我心中一阵狂喜，看到他们的身影，我突然间觉得有了依靠，慢慢冷静下来。

法官示意法警暂时放开我们。大使馆的工作人员礼貌地向法官解释了我和费宣的身份以及我们来阿尔及尔的目的。法官似乎是第一次知道我们来撒哈拉是为了探险，很是好奇，颇感兴趣地询问我们活动的内容，我趁机详细地跟他解释了我们到撒哈拉考察的目的和意义。

鉴于使馆工作人员详细的解释和我们良好的态度，法官终于更改了之前的判决，并抱歉地对我们说："我很敬佩你们的探险行为，但你们违反了阿尔及利亚的法律，必须在24小时之内离开阿尔及利亚，祝你们好运！”

虽然还是被勒令出境，但这已经是最好的结果了。到此时我们才算松了一口气。以前在探险中再危险的事情我都经历过，说实话我从来没怕过，自然条件再怎么恶劣我们都有办法克服，但面对险恶人心的时候，我是真的没辙了。这次如果没有使馆的救援，坐牢就肯定免不了了。那张法院的传票我们会一直留着，这是在非洲遭遇磨难的证据，我要将它和在路上拍到的照片一并展示出来，让大家在欣赏非洲美景的同时也能对某些东西有所警觉。

法院要求我们在24小时内离开阿尔及利亚，时间显得非常紧迫，埃及签证是无法再等了，我们必须先离开阿尔及利亚再重新进行申请。紧急商议后我和费宣决定先折返北京，向埃及驻北京大使馆重新申请进入埃及的签证。不管怎样，我们都不会放弃撒哈拉探险之旅，我们一定会尽最大的努力争取一个最好的结果。

〔十〕 法老的诅咒

从阿尔及尔回到北京，我们作了短暂休整，然后又登上了飞往开罗的飞机，开启此次探险的最后一段旅程。经历了那么多波折之后再次踏上旅程，兴奋、开心或是快乐都不足以表达我此刻的心情，总之一切尽在不言中。

到达开罗后，我和费宣又马不停蹄地登上了飞往卢克索的飞

帝王谷中几乎已经没有法老木乃伊留存，它们被送到世界各地的博物馆供人参观。统治者早已成为历史长河中的尘埃，只剩下厚厚的花岗岩棺椁静静地躺在山谷里见证岁月的流逝。

机。卢克索位于埃及中部，人送美名“百门之都”“宫殿之城”。尼罗河穿城而过，将其一分为二。古埃及人认为人的生命同太阳一样，自东方升起，由西方落下，因而河的东岸是壮丽的神庙和充满活力的居民区，西岸则是法老、王后和贵族的陵墓，“生者之城”与“死者之城”隔河相望。

从舷窗往下看，婉约与奔放并存的尼罗河散发出迷人的魅力，让人看上一眼便无法忘却。这条孕育了无数生命的长河蜿蜒流淌在黄色的大地上，只有沿河两岸不到5公里的范围内有葱葱绿意，再往外便是望不到头的荒漠。

下了飞机走在卢克索热闹的大街上，我们再一次感受到了沙漠地区的炙热，热浪不住地扑面而来，连喘息的机会也不给你。还来不及感叹天气，我和费宣就被热情的当地人包围了，这个要给你带路，那个要帮你拍照，另一个要帮你叫出租车……似乎只有你想不到的，没有他们做不了的。但我们微笑着礼貌地回绝了他们热情的帮助。初来乍到的朋友千万别被这热情的假象迷惑住了，接受了他们热情的帮助后，等待你的将是他们要钱的手，他们会伸出三根指头一搓，“Money!”

安顿之后我们立即出发去卢克索的神庙。这里除了精美的壁画之外就是铺天盖地的象形文字，墙壁上有，石柱上也有，总之什么地方都有。古埃及人在这片炙热的土地上生息繁衍、世代耕耘，大约5 000年前，古埃及人发明了象形文字。这种字写起来极慢而且很难看懂，因此大约在3 400年前，埃及人又演化出了一种较易使用的字体。随着时光的流逝，最终连埃及人自己也看不懂早期的那种象形文字了。若不是因为拿破仑大军入侵埃及时，随军的法国古文字学家们发现了这种文字，可能至今考古学家们仍无法辨认它们，我们对埃及的认识也会少很多。

位于尼罗河西岸的帝王谷是埃及最神秘也最引人瞩目的地方，这里有埃及历史上至高无上的统治者的陵寝。帝王谷里的每一座陵墓都有自己的特点，法老们从即位的那一天起就开始为自己修建死后的宫殿。没有人愿意自己的安息之地被人打扰，更何况陪伴法老们一起沉

1.卡纳克神庙。

睡的还有数不清的财宝。为了不让别人打扰自己死后的安宁，法老们采用了各种各样的方法来迷惑世人，比如以假乱真的空墓，诱人迷失的假墓道，可怕的机关以及举世闻名的法老诅咒。然而帝王谷里的陵墓还是一座接一座地被人们发现。

如今帝王谷是埃及最重要的旅游景点之一，来自世界各地的游客挤满了整个山谷。帝王谷中已经没有任何一位法老的木乃伊留存，这

1.金字塔与狮身人面像。

飞豹视点

1923年，英国著名探险家卡纳冯爵士和英籍埃及人、考古学家卡特率领的考察队在帝王谷发现了埃及第十八王朝的法老图坦卡蒙的陵墓。金字塔幽深的墓道里刻着一段庄重威严的咒语：谁打扰了法老的安宁，死神的翅膀就将降临在他头上。

刚开始谁也没有把这个咒语当真，认为这不过是法老吓唬盗墓者的伎俩。然而进入法老墓室的人，无论是探险家还是盗墓者，绝大多数都在不久后染上不治之症或遇上意外事故，莫名其妙地死去了。这就是法老的诅咒的由来。

些遗体被送到世界各地的博物馆中供人参观。今天的帝王谷中，统治者早已成为历史长河中的一粒尘埃，只剩下厚厚的花岗岩棺椁静静地躺在人潮熙攘的山谷里见证岁月的流逝。

傍晚时，向导带我们去尼罗河上泛舟，水面如同海水一般泛着微微的蓝色，微风吹过，河面漾起一层又一层的波纹。面对这样的美景，心灵仿佛突然宁静下来，恍惚中我记起德国作家路德维希在《青白尼罗河》中的一段话：

> 尼罗，尼罗，长比天河。
>
> 万物惧怕时间，时间惧怕尼罗河。文明诞生了又毁灭，神庙建立了又坍毁，金字塔矗立了又崩塌，一众法老来了又走，一干英雄人物挟滚滚黄沙奔驰而来又偃旗息鼓而去，奴隶出现了又消失……一代代生民的欢娱苦痛，纷纷入尼罗河的眼。
>
> 这是属于尼罗河的记忆，也是人类的记忆，而人类的历史因此更加厚重夯实，波澜壮阔。

1 

1.栩栩如生的人物浮雕。　2.雕刻精美的巨型石柱。　3.卡纳克神庙一景。　4.卢克索古代遗址。

好一段振聋发聩的喻世良言，道尽了尼罗河的千年沧桑和埃及文明的起落变迁。伴随着波浪起伏，我静静地靠在船栏上享受眼前的美景和难得的休闲一刻，这是一个多么美好而宁静的傍晚，让人不由自主地沉醉在尼罗河的怀抱里。

 我们拿什么留给后人

告别尼罗河东岸的“生者之城”和西岸的“死者之城”，我们奔向非洲东部的沙漠城市赫尔格达。赫尔格达是一个非常有意思的城市，一边是寸草不生的撒哈拉沙漠，另一边却是碧蓝纯净的红海。红海是我们此次穿越撒哈拉探险之旅真正意义上的终点，看到了红海，就意味着这次的沙漠穿越成功了。

第一眼看见红海时有些惊奇：红海居然是蓝色的，而且还蓝得那么纯净剔透。不过既然叫红海，总该有原因吧！说到这个，费宣可比我在行得多，他告诉我，红海两岸岩石的色泽是红海得名的原因。远古时代，由于交通工具和技术条件的制约，人们只能驾船在近海航行。当时人们发现红海两岸是一片绵延不断的红黄色岩壁，红黄色岩壁将太阳光反射到海上，使海水也泛着红光，红海便因此而得名。

出发之前我也曾查过一些资料，我所知道的原因则是和海水的颜色有关系。红海是世界上温度最高的海，非常适宜微生物的繁衍。气温高的季节里，红海表层水面会生长出一种红色藻类，使海水看起来

略呈红色，红海因此而得名。不过无论哪一种原因更真实，红海就是红海，一个有着红色名称的碧蓝之海，蓝色代表它的博大宽阔、温柔灵动，红色则代表它激越澎湃的热情和温度。

站在红海岸边，我微微抬起头，让阳光直射在脸上，张开双手拥抱来自红海深处的微腥海风。终于结束了，我们从非洲西部海岸一路向东，经过6 700多公里的艰难跋涉，经历了数次大大小小的波折，终于抵达了非洲东部红海海岸。

想到这期间我们经历的一切，鼻子有些微微发酸，撒哈拉的穿越活动比我之前所经历过的所有探险活动都更加艰难曲折。珠峰之巅留给我的是自豪与满足；南北两极让我领会了自然的雄伟和灵魂的孤寂……而此时站在红海岸边，心里却交织着许多莫名的情绪，身心的疲惫、心灵的委屈、完成目标的兴奋、实现梦想的欢欣……复杂的情感在我的胸膛里翻腾交汇，似乎按捺不住，随时会喷涌而出。终于，终于，我深深地吸了一口气，把所有翻腾的情感都压了下去，轻轻地对自己说：看啊！你做到了！

1.红海。
2.海边嬉戏的小孩。

飞豹视点

关于红海的名称，还有另外两种说法。一个是将红海的得名与气候联系在一起，红海海面上常有来自非洲大沙漠的风，送来一股股炎热的气流和红黄色的尘雾，使天色变暗，海面呈暗红色，所以称为红海。另一个则是因为古代西亚的许多民族用黑色表示北方，用红色表示南方，所以，红海实际上指的就是“南方的海”。

这一路上，土地的荒漠化给我们留下了深刻的印象，眼里的绿色随着水土流失和沙漠化变得越来越少。一路走来满眼都是黄色，漫漫黄沙延绵数十公里乃至更甚，迎着风一张嘴就是一口沙子。不知道一百年后、一千年后，生活在这片土地上的人们是否还看得到绿色，我们还能为他们留下一片绿水蓝天吗？

我不断在心里问自己：我们能留给后人什么？是清新的空气，湿润的土地？还是干涸的河床，龟裂的大地？是璀璨的古代文明还是满目疮痍的历史遗迹？如今人们更多的是在想怎么获取物质与财富，竞争成了世界的主题。资源的竞争、财富的竞争以及各种各样的竞争逼着人类逐步走向冷漠。自然的荒漠化我们还有办法应对，人心的荒漠化才是最可怕的。

两个多月的沙漠穿越之旅在这里结束了，当天是2009年6月25日，距出发的日子刚好过去了整整80天。也许是上天注定要给我们这80天的磨炼吧！穿越撒哈拉是我人生旅程中永难忘怀的深刻记忆，也许在很多年以后，白发苍苍的我午夜梦回时仍会微笑着说：“撒哈拉，我来过！”

3

1

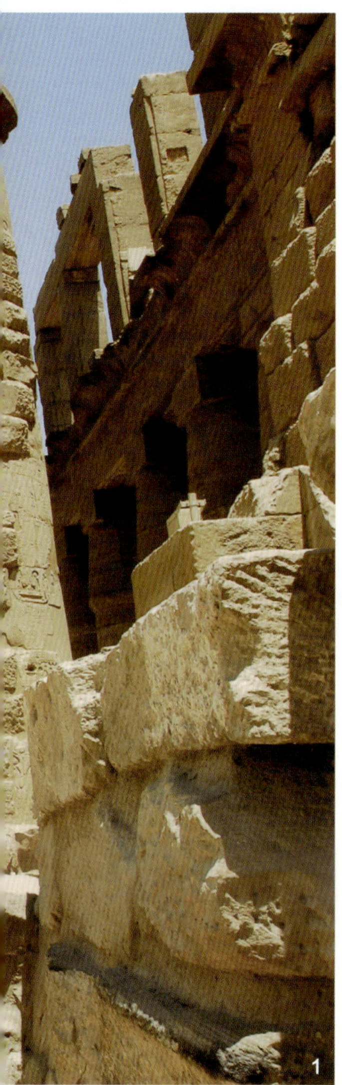

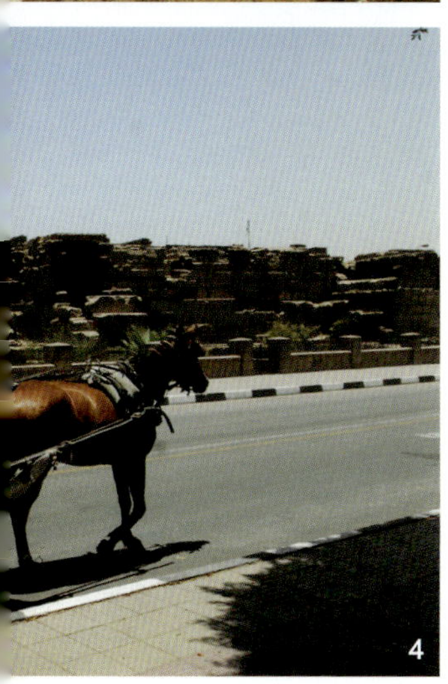

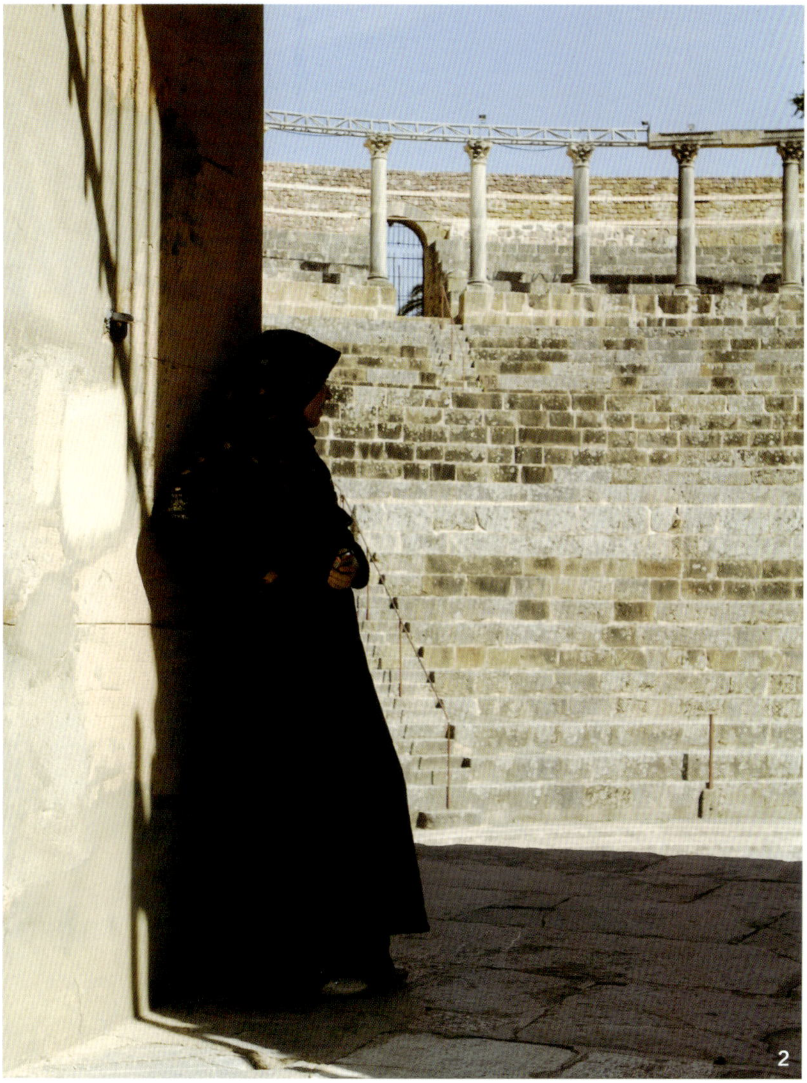
2

4

1.卡纳克神庙。
2卢克索古罗马剧场。
3.卢克索路边的神庙遗址。
4.尼罗河畔的游览马车。

后记

2009年6月25日，历时80天的撒哈拉穿越探险结束了。我和费宣从云南昆明出发，途经加纳、布基纳法索、马里、尼日尔、阿尔及利亚和埃及6个国家，完成了对世界第一大沙漠的科学考察探险。

这80天的旅程让我再一次感受到生命和梦想的意义。从小我就有很多梦想，它们就像灯塔一样指引着我走过了很多路。自从20多年前登上了昆明最高峰轿子雪山，我就一发而不可收拾地喜欢上了户外探险。我告诉自己说，只要不是老得走不动路，就一定要出去走、出去看。

我的梦想之一是登上世界上所有超过8 000米的山峰。全世界一共有14座，到现在为止我已经登上其中的3座了：海拔8 201米的卓奥友峰、海拔8 848米的珠穆朗玛峰、海拔8 012米的希夏邦玛峰。以后每年攀一座，11年后我就能实现这一梦想了。

2006年我开始了自己的“7+2”之旅。“7”就是世界七大洲的最高峰，我登上去了；“2”就是南极点与北极点，我也徒步走了一遍。在我之前世界上共有10位探险家完成了这项探险活动，我是第11个，同时也是目前为止用最少时间完成这项活动的人。

2009年，我和费宣完成了中国人首次自主穿越撒哈拉沙漠之行，用我们中国人自己的眼睛去看撒哈拉。我们发现，撒哈拉并不是人们印象中那个了无人烟的蛮荒之地。我们虽然遇到过危险和困难，但感受到的更多的是非洲人民的友善和热情，是撒哈拉丰富的历史和文化积淀，是一个充满生机和希望的世界。

撒哈拉之行结束后，还有很多梦想等着我：80天环游世界、攀登剩余11座超过8 000米的高峰、飞上太空、穿越亚马孙、作为郑和的老乡重走他六百多年前走过的航海路……

美国著名生物学家、博物学家爱德华·威尔逊曾说过这样一句话："探险活动越深入，人也将越接近自己的内心和灵魂。"我的人生因探险而精彩，在探险路上我收获了很多，而且将收获更多。当然，精彩的人生并非一定要在珠峰顶上、在撒哈拉沙漠中见证，其实人生本就是一个不断探险的过程，什么时候你遇到了让你痛不欲生的困苦，那就是你人生的撒哈拉。穿越它之后，就再也没有什么能难倒你了，这就是人生的探险。

友人后记

2008年5月底的一天，在北极格陵兰大冰盖的宿营地，极昼的天光仍然明亮。天地苍茫，我们的探险小队和雪橇犬是这片冰雪大地上唯一的生命。暴风雪始终没有止歇，帐篷哗哗地响了一夜，夹着冰雪的风呜呜地叫着，像千百辆火车在奔驰。

我和飞豹住一个帐篷，两个人都冻得受不了，就用聊天来分散注意力。

“老费，怎么样，还撑得住吧？”

“还行，北极果然是北极，冷都冷得这么霸道。”

飞豹哈哈一笑，“以后还来探险不？”

“当然要来，”我毫不犹豫地说，“不过，下次咱们找个暖和一点的地方，这气候可真是够呛！”

“哈哈……”

于是，下一个目标就在这样一个狂风肆虐、极度寒冷的夜晚被确定下来：我们要去世界上最炎热的地方——撒哈拉！

这次穿越非洲撒哈拉大沙漠的计划，就是在这个风雪之夜的北极冰盖帐篷里提出的！没想到仅仅十个月之后，我就和飞豹行走在撒哈拉炙热的大地上……

那个时候，我和飞豹刚刚相识还不到三个星期，就一同踏上了探险之旅，共同完成中国人首次穿越北极格陵兰岛冰盖科学探险考察活动。那是我第一次参加国际性的探险活动。那些艰险的日子里我很快乐，除了领略极地风貌的惊喜以外，我认识了飞豹，一个带给我太多人生惊喜的人。

每天宿营的时候，我和飞豹躺在睡袋里谈海明威，谈杰克·伦敦，谈儒勒·凡尔纳，谈屠格涅夫、达尔文、哥伦布、库克船长……飞豹对世界地理和近代史尤其熟悉，而且无论是亨利希·海涅、马基雅维利、尼采还是奥修以至于切·格瓦拉，他都能侃侃而谈，并有自己独立的见解，对几大宗教的起源、历史、教义和现况也很有研究。我们总是有谈不完的话题，和这样的伙伴一起旅行是一种莫大的享受。就这样，我们在互相的学习交流中，共同克服了一路上的艰难险阻，经历了许多生死考验，一直到达胜利的终点。

我们还讨论了许多计划：将云南白药送到南极和珠峰大本营；骑车考察中印、中尼边境，纵穿喜马拉雅山；沿着红嘴鸥的迁徙路线，完成西伯利亚–昆明的徒步考察；徒步从古长城的贺兰山起点走到山海关终点；环球80天，走访80个不同国家和民族；飞豹还打算去新西兰学习航海技术，追随云南老乡郑和的航程，完成下西洋的壮举；他还想成为第一个飞上太空的中国民间人士……

格陵兰冰盖探险结束后，我和飞豹成为首次自主穿越非洲撒哈拉大沙漠的中国人。此后，我们又一起徒步走完百年滇越铁路，骑行整个东南亚。飞豹还帮助我攀登雪山，使我的探险人生达到了一个又一个新的高度，圈内的朋友都说，我们是最好的组合。

一位哲人说过："探险，是照耀人类前进的太阳。"人类历史上，面对未知的大自然，充当先驱的无不是勇敢的探险者。正因为他们的不断探索，使未知成为已知，才有了人类生存地域的扩大、资源的补充、文化的传播和民族的沟通。他们总是顽强地追求超越，总是向往走前人没有走过的路。

如今，人们把太多的时间消耗在了纸醉金迷、灯红酒绿和麻将桌上面，麻木、消极而沉沦。能够拥有目标，并为之努力奋斗的是少数的精英。现实生活充满了太多诱惑，对名利和物质的贪欲使人们变得心浮气躁，使生活变得迷茫和世俗。花前月下和谋权争利消磨着人们的斗志，腐化着民族的灵魂，使我们失去了更远的目光、更大的追求和更广的胸怀。金戈铁马、指点江山的雄心，激扬文字、弯弓射雕的豪气，夸父追日、女娲补天的壮举，似乎离我们越来越远，越来越陌生。

而探险活动，体现的却是完全不同的精神，完全不同的追求和完全不同的价值。一个真正走向振兴的民族，需要的正是探险活动中所蕴含的那些积极奋发的精神。

2009年5月底，在撒哈拉腹地，沙海茫茫，天地空寂，我迎来了我的60岁生日。在中国人的观念中，60是一个特别的数字，60年一甲子、60年一轮回。在许多人的眼中，这是一个可以颐养天年的年纪，我却不是这样想的。我对飞豹说："我的职业生涯已经结束了，但我人生的下半场才刚刚开始，我觉得身上充满了激情。我决定了，不到70岁我绝对不会停下脚步，我要完成我们的探险三部曲，我还要一直走下去。我总觉得我们得不断地探索，不断地超越自己，这样的人生才算是圆满的。”飞豹紧紧地握住我的手说：“我一定陪伴大哥一起走下去。”

结识飞豹是我莫大的幸运，我觉得我和这位兄弟一定还有很长的路要一起走。飞豹的这本书把我带回到了我们在撒哈拉的日日夜夜。部落的鼓点、沙漠的落日、独行的骆驼和古老的岩画，都已经成为我生命的一部分。正如飞豹在书中所描写的那样，我们的心已经永远地留在了那片神奇的大地。

撒哈拉，我终于亲近过你。

是为记。

费宣

2011年7月

2006年5月14日　登顶珠穆朗玛峰

"我一直认为，一个人不一定非要找一座山去登，因为人生本来就是一个不断攀登的过程。你面临的困难越大，你所在的海拔也就越高。什么时候遇到了让你痛不欲生的困苦，这就是你人生的珠穆朗玛峰。翻越它之后，就再没有什么困难能打倒你了，这就是人生的探险。"

2007年6月30日
登顶麦金利峰

"有人说'我的体力比金飞豹好，我的攀登技术比金飞豹好，我主要是没有钱，如果我有钱，我比他登得还快。'其实这些人一辈子都登不了山，因为他们在找理由，而我是在找方法。筹集经费也是一种本事，如果你有办法筹集经费，也就证明你有能力攀登一座高峰。"

2006年12月23日
登顶文森峰

“明知道有危险，还是决定要义无反顾、一如既往地探索与挑战，这才是探险的真正魅力！”

2007年1月19日 徒步到达南极点

“像这样的经典线路听上去很牛，但实际走的都是百年前的探险家们发掘出来的。这样的‘探险’根本不算什么！作为新世纪的探险家，探索新大陆大致不可能了，但至少我们可以出去探探环境的变化以及人类对环境的影响。”

2008年6月 徒步穿越北极
格陵兰岛大冰盖

“中国有非常多的优秀企业家，中国有很多的艺术家，中国更不缺官员，中国唯一缺的是探险家。古往今来，徐霞客算一个，郑和算一个，玄奘算一个，数来数去，一个巴掌就够了，你再也数不出能影响世界的人了。”

2009年12月 寻访百年滇越铁路 穿越千里见证历史

“探险是我的兴趣，公益和环保是我的责任，践行是我的坚持。”

2009年 穿越撒哈拉大沙漠

“如果要栽七棵树苗，我会把一棵栽在撒哈拉、一棵栽在塔克拉玛干、一棵栽在澳大利亚沙漠、一棵栽在墨西哥沙漠、一棵栽在智利沙漠、一棵栽在阿拉伯沙漠，一棵栽在我们心中的荒漠……”

2010年 在美国肯尼迪航天中心参加太空探险适应性科目训练

“我只是个普通人，没有自己的产业，没有自己的企业，更没有一个上市公司在支持我，可我一样完成了这些梦想。我想以我的经历告诉还在仰望的人，不要再看别人了，你也可以实现自己的梦想。”

一切为了您的阅读价值

★ 您知道自己为阅读付出的最大成本是什么吗？
★ 您是否常常在读过一本书后，才发现不是自己要看的那一本？
★ 您是否常常发现很多书都是一时冲动买下，至今一字未读？
★ 您是否常常感慨书的价格太贵，两百多页，值四十多元钱吗？

阅读的最大成本

读者在选购图书的时候，往往把成本支出的焦点放在书价上，其实不然。

时间才是读者付出的最大阅读成本。

阅读的时间成本=选择花费的时间+阅读花费的时间+误读浪费的时间

选择合适的图书类别

目前市场上的**图书来源**可以分为**两大类，五小类：**

1. 引进图书：引进图书来源于国外出版公司，多从其他语种翻译成中文出版，反映国际发展现状，但与中国的实际结合较弱，其中包括三小类：

a）教科书：理论性较强，体系完整，但多为学科的基础知识，适合初入门的、需要系统了解一门学问的读者。

b）专业书：理论性、专业性均较强，需要读者拥有比较深厚的专业背景，阅读的目的是加深对一门学问的理解和认识。

c）大众书：理论性、专业性均不强，但普及性较强，贴近现实，实用可操作，适合一门学问的普通爱好者或实际操作者。

2. 本土图书：本土图书来源于中国的作者，反映中国的发展现状，与中国的实际结合较强，但国际视野和领先性与引进版相比较弱，其中包括两小类，可通过封面的作者署名来辨别：

a）“著”作：大多为作者亲笔写就，请读者认真阅读“作者简介”，并上网查询、验证其真实程度，一旦发现优秀的适合自己的作者，可以在今后的阅读生活中，多加留意并了解。

b）“编著”图书：汇编了大量图书中的内容，拼凑的痕迹较明显，建议读者仔细分辨，谨慎购买。

阅读的收益

阅读图书最大的收益，来自于获取知识后，**应用于**自己的**工作和生活**，获得品质的**改善和提升**，油然而生无限的**满足感**。

我们出版的所有图书，封底和书脊都有“湛庐文化”的标志

并归于两个品牌

找“小红帽”

为了便于读者在浩如烟海的书架陈列中清楚地找到我们，我们在每本图书的书脊上部47mm处，全部用红色标记，称之为——小红帽。同时，“小红帽”上标注“湛庐文化”字样，小红帽下方标注所属图书品牌名称。

湛庐文化主力打造两个品牌：**财富汇**，致力于为商界人士提供国内外优秀的经济管理类图书；**心视界**，旨在通过心理学大师、心灵导师的专业指导为读者提供改善生活和心境的通路。

用轻型纸

您现在正在阅读的这本书所使用的是轻型纸，有白度低、质感好、韧性好、油墨吸收度高等特点，价格比一般的纸更贵。

关注阅读体验

我们目前所使用的字体、字号和行距，是在经过大量调查研究的基础上确定的，符合读者阅读感受。每页设计的字数可以在阅读疲劳周期的低谷到来之前，使读者稍作停顿，减轻读者的阅读疲劳，舒适的阅读感觉油然而生。

所有的一切都为了给您更好的阅读体验，代表着我们“十年磨一剑”的专注精神。我们希望湛庐能够成为您事业与生活中的伙伴，帮助您成就事业，拥有更为美好的生活。

湛庐文化2008-2011年获奖书目

《牛奶可乐经济学》

国家图书馆“第四届文津奖”十本获奖图书之一，唯一获奖的商业类图书。
搜狐、《第一财经日报》2008年十本最佳商业图书。
用经济学的眼光看待生活和工作，体验作为“经济学家”的美妙之处。

《大而不倒》

《金融时报》·高盛2010年度最佳商业图书入选作品。
美国《外交政策》杂志评选的全球思想家正在阅读的20本书之一。
蓝狮子·新浪2010年度十大最佳商业图书，《智囊悦读》2010年度十大最具价值经管图书。
一部金融界的《2012》，一部丹·布朗式的鸿篇巨制。

《金融之王》

《金融时报》·高盛2010年度最佳商业图书。
蓝狮子2011年度十大最佳商业图书，《第一财经日报》2011年度十大金融投资书籍。
权威透视国际金融界大佬在大萧条中的群像著作。
一部优美的人物传记，一部独特视角的经济金融史。

《富可敌国》

蓝狮子·《第一财经日报》2011年度最佳金融商业图书。
《第一财经日报》2011年度十大金融投资书籍。
源自300个小时的真实访谈，一部权威的对冲基金史。

《认知盈余》

2011年度和讯华文财经图书大奖。
看“互联网革命最伟大的思考者”克莱·舍基如何开启无组织的时间力量。
看自由时间如何成就“有闲”世界，如何引领“有闲”经济与“有闲”商业的未来。

《微力无边》

2011年度和讯华文财经图书大奖“最佳装帧设计奖”。
中国最早的社会化媒体营销研究者杜子建首部作品。
一部微博前传，半部营销后传。

《神话的力量》

《心理月刊》2011年度最佳图书奖。
在诸神与英雄的世界中发现自我，当代神话学大师约瑟夫·坎贝尔毕生精髓之作。

《facebook效应》

《金融时报》·高盛2010年度最佳商业图书入选作品。
蓝狮子·新浪2010年度十大最佳商业图书，《新智囊》2011年度最具价值十大经管图书。
首度公开facebook非凡创业的26个细节，马克·扎克伯格及40多位核心高管倾情讲述。

《真实的幸福》

《职场》2010年度最具阅读价值的10本职场书籍。
积极心理学之父马丁·塞利格曼扛鼎之作，哈佛最吸引人、最受欢迎的幸福课。

《绕着大毛球飞行》

蓝狮子·《职场》2011年度最佳职场图书。
畅销13年的职场创意手册，贺曼贺卡公司创意总监倾情之作。

延伸阅读

《进入空气稀薄地带》

◎ 美国著名记者、畅销书《走入荒芜》的作者乔恩·克拉考尔又一力作，一部引人入胜的珠穆朗玛峰探险亲历记。

◎ 被《华盛顿邮报》誉为“最好的登山类书籍”。

《伟大的旅行》（上、下）

◎ 作者关野吉晴，日本著名探险家、人类学家，重走人类迁徙之路第一人，用近10年时间，徒步走完5.3万公里，探索人类文明在不同地区表现为不同形态的历史原因。

◎ 思考对人类来讲最具普遍性的三个问题：我们从哪里来？我们是谁？我们到哪里去？

《荒野生存》

◎ 长踞《纽约时报》畅销书排行榜两年，肖恩·潘执导同名电影。

◎ 富家子弟放弃一切走进阿拉斯加荒野，引起媒体争相报道。记者乔恩·克拉考尔沿着他的足迹走遍美国西部，试图解开这个“阿拉斯加之谜”。

《触及巅峰》

◎ 如果你有足够的勇气，请读《触及巅峰》，巅峰和冰窟的落差中，包含着人生的奇迹与秘密。

◎ 当你最接近死亡之时，生存的感觉才空前强烈。冰峰上的7天，168小时，每一分钟都关乎生死。

《哇！救命书》

◎ 当灾难来临时，头3秒，80%的人会丧生！1分钟后，只有10%成为幸存者！有一本书错过就会危及生命。

◎ 坐飞机应该坐哪一排，高空坠落时应该保持何种姿势，幸存者为你讲述他们的生还内幕。

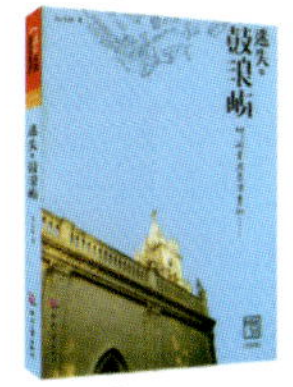

《迷失·鼓浪屿》

◎ 作者Air夫妇，多年避居鼓浪屿，亦时常四处走动，留下诸多文字照片，引导人们放慢生活节奏，体验生命中未被发觉的美。

◎ 最棒的鼓浪屿旅行指南书，徜徉小巷街口，细读万国建筑，游弋在琴声悠扬的海滩，探寻古老院落的边边角角。

图书在版编目（CIP）数据

绝地撒哈拉 / 金飞豹著. —杭州：浙江人民出版社，2012.10

ISBN 978-7-213-04969-9

Ⅰ. ①绝…　Ⅱ. ①金…　Ⅲ. ①游记—作品集—中国—当代
Ⅳ. ①I267.4

中国版本图书馆 CIP 数据核字（2012）第 156095号

本书法律顾问　北京诚英律师事务所　吴京菁律师
北京市证信律师事务所　李云翔律师

绝地撒哈拉

作　　者：金飞豹　著
出版发行：浙江人民出版社（杭州体育场路347号　邮编　310006）
市场部电话：（0571）85061682　85176516
集团网址：浙江出版联合集团　http://www.zjcb.com
责任编辑：金　纪
责任校对：张谷年
印　　刷：中国电影出版社印刷厂
开　　本：720 mm × 965 mm 1/16　　**印　　张**：13.25
字　　数：14.4万　　**插　　页**：2
版　　次：2012 年10月第 1 版　　**印　　次**：2012 年10月第 1 次印刷
书　　号：ISBN 978-7-213-04969-9
定　　价：39.90元

如发现印装质量问题，影响阅读，请与市场部联系调换。